少彦名＜すくなさま＞

新釈古事記伝＜第三集＞

阿部國治・著
栗山　要・編

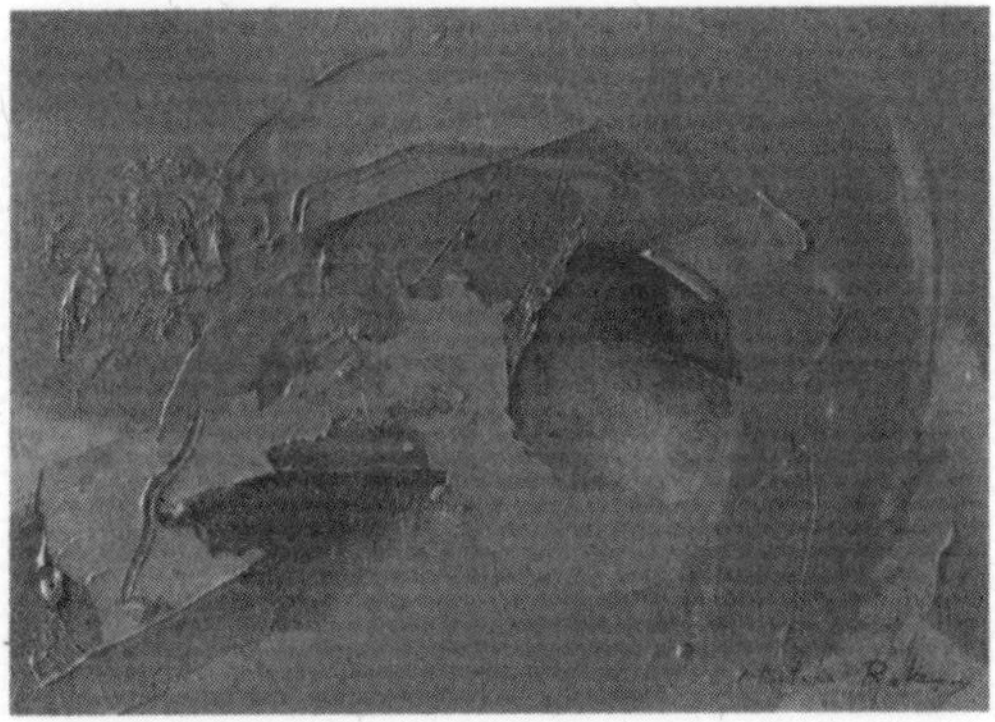

致知出版社

沼の辺で釣を楽しむ著者

◇ 著者紹介

明治30（1897）年、群馬県勢多郡荒砥村（前橋市城南町）に生まれる。荒砥村尋常小学校、群馬県立前橋中学校、第一高等学校を経て、大正10年東京帝国大学法学部英法科を卒業。大学院に進む。同大学副手。昭和２年東京帝国大学文学部印度哲学科卒業。私立川村女学院教頭、満蒙開拓指導員養成所教授、教学部長を経て、私立川村短期大学教授、川村高等学校副校長となる。主な著書に『ふくろしよいのこころ』『まいのぼり』『しらにぎて　あおにぎて』等がある。昭和44（1969）年、死去。笠間市月崇寺に葬る。

少彦名

目次

目次

はじめに

『古事記』は大和心（やまとごころ）の聖典《ひじりのふみ》であって、また、大和心は人の心の中で最も純《きよ》らかな心で、『古事記』はこの大和心の有り様を示しております。

人の創る家、村、国の中で、最も純らかなのは、神の道にしたがって、神の道の現われとして、人の創る家、村、国であります。『古事記』はこの神の有り様と、神の家、村、国の姿と形を示している聖典であります。

これほど貴い内容を持つ『古事記』が、現代においては、子どもたちが興味を持つに過ぎないお伽噺《とぎばなし》として留まっているのは、間違いも甚《はなは》だしいと言わなければなりません。

こんな有り様ですから、『古事記』の正しい姿を明らかにすることは、いつの世においても大切ですが、現代の日本においては、殊《こと》のほか大切なことであります。

このような気持ちで『古事記』に立ち向かい、『古事記』を取り扱っておりますが、これは筧克彦《かけいかつひこ》先生(元東京帝国大学法学部教授)のお導きによって、魂の存在に目を見開かせていただき、『古事記』の真の姿に触れさせていただいて以来のことであります。

こうして『古事記』を読ませていただきながら、『古事記』を生み出した祖先の魂と相対して、その心の動きを感じ、祖先の創り固めた家、村、国の命に触れて、あるときには泣き、あるときには喜び、日常生活の指導原理の全てを『古事記』からいただいております。

実に『古事記』というのは、汲《く》んでも汲んでも汲みきれない魂の泉と言ってもいいと思います。

昭和十六年六月

阿部國治

おことわり

この本をお読みくださるについて、予《あらかじ》め知っておいていただきたいことを申しあげます。

まず、各章の配列について申しあげます。

1、《すくなさま》とか《おまつり》とかいうような題目は、何か題目があったほうがよかろうというので仮りにつけた題目であって、この題目でなければならぬというものでも、この題目がいちばんよろしいというものでもないのであります。

2、『古事記』の原典として、漢文で出ておりますのは、元明《げんめい》天皇の和《わ》銅《どう》五年に出来たところの〝かたち〟であります。稗田阿禮《ひえだのあれ》の諳誦《あんしょう》して伝えておったものを、太安萬侶《おおのやすまろ》がこのようなかたちで、漢文字にうつしたものであります。『古事記』のいちばんの原典は大和民族の〝やまとこころ〟そのものでありましょうが、文字に現わしたいちばんのもとの〝かたち〟がこれであります。

3、《書き下し文》とあるところについて申しあげます。

『古事記』の原典として漢文の〝かたち〟で伝わっていたものが、国民に読むことができなくなってしまっていたものを、水戸光圀《みとみつくに》公が嘆《なげ》かれて、近代の国学の初めを起こされ、本居宣長《もとおりのりなが》先生にいたって、初めて全体を読むことを完成されたのであります。

古来、伝わっておったのは『漢文』の〝かたち〟であって、これに古（いにしえ）の訓（よみかた）と思われる読み方をつけたものに『古訓古事記』というものがあって、これを書き下したものが《書き下し文》であります。

ここに引用したものは、岩波書店発行の岩波文庫本ですから、それを参考にして下さることを希望いたします。

4、《まえがき》とあるところは、お読み下されればおわかりのように、一段落を書き出すについてのご挨拶《あいさつ》のようなものであります。

5、《本文》となっているところは『古事記』の原典と『古訓古事記』とを〝みたましずめ〟して、いわば、心読、体読、苦読して〝何ものか〟を摑《つか》んだ上で、その〝何ものか〟を、なるべくわかりやすく、現代文に書き綴《つづ》ったものであります。

したがって、書物としては、ここが各章の眼目となるところであります。まず、ここのところを熟読玩味《じゅくどくがんみ》して下さったうえで『古訓古事記』から『古事記』の原典まで、照らし合わせて、ご研究していただきたいのであります。

6、《あとがき》とあるところは、お読みくださればおわかりになると思いますが、『古事記』のその段落を読ませていただき、平生《へいぜい》いろいろと教え導いていただいておりますので、心の中に浮かぶことを、そのまま書き著して、参考にしていただきたいのであります。

阿部國治

第六章　すくなさま

原　文

故、大国主命、坐出雲之御大之御前時、自波穂、乗天之羅摩船而、内剥鵝皮剥、為衣服、有歸来神。爾雖問其名不答。且雖問所従之諸神、皆白不知。爾多邇具久白言、此者久延毘古必知之、即召久延毘古問時、答白此者神産巣日神之御子、少名毘古那神。故爾白上於神産巣日御祖命者、答告、此者實我子也。於子之中、自我手俣久岐斯子也。故、與汝葦原色許男命、為兄弟而、作堅其國。故、自爾大穴牟遲與少名毘古那、二柱神相並、作堅此國。然後者、其少名毘古那神者、度于常世國也。故、顯白其少名毘古那神、所謂久延毘古者、於今者山田之曾富騰者也。此神者、足雖不行、盡知天下之事神也。

書き下し文

故《かれ》、大国主神、出雲の御大《みほ》の御前《みさき》に坐す時、波の穂より天《あめ》の羅摩船《かかみふね》に乗りて、鵝《ひむし》の皮を内剥《うつはぎ》に剥《は》ぎて衣服《きもの》にして、歸《よ》り来る神ありき。ここにその名を問はせども答へず、また所従《みとも》の諸神《かみたち》に問はせども、皆「知らず」と白《まを》しき。ここに谷蟆《たにくく》白《まを》しつらく「こは崩彦《くえびこ》ぞ必ず知りつらむ」とまをしつれば、すなはち崩彦を召して問わす時に「こは神産巣日神《かみむすびのかみ》の御子、少名毘古那神《すくなびこなのかみ》ぞ」と答へ白しき。故《かれ》ここに神産巣日の御祖命《みおやのみこと》に白し上げたまへば、答へ告《の》りたまひしく「こは實《まこと》に我が子ぞ。子の中に、我が手俣《たなまた》より漏《く》きし子ぞ。故《かれ》、汝葦原色許男命《いましあしはらしこおのみこと》と兄弟《あにおと》となりて、その國を作り堅《かた》めよ」とのりたまひき。故、それより、大穴牟遅《おほなむぢ》と少名毘古那と、二柱の神相並ばして、この國を作り堅めたまひき。然《さ》て後は、その少名毘古那神は、常世《とこよ》國に度《わた》りましき。故、その少名毘古那神を顕《あら》はし白せし謂《い》はゆる崩彦は、今者《いま》に山田のそほどといふぞ。この神は、足は行かねども、盡《ことごと》に天の下の事を知れる神なり。

参考『日本書紀』

原　文

初大己貴神之平國也、行到出雲國五十狭狭之小汀、而且當飲食。是時、海上忽有人聲。乃驚而求之、都無所見。頃時、有一箇小男、以白蘞皮為舟、以鷦鷯羽為衣、随潮水以浮到。大己貴神、即取置掌中、而翫之、則跳嚙其頬。乃怪其物色、遣使白於天神。于時、高皇産靈尊聞之而曰、吾所産兒、凡有一千五百座。其中一兒最悪、不順教養。自指間漏堕者、必彼矣。宜愛而養之。此即少彦名命是也。顯、此云于都斯。蹈鞴、此云多多羅。幸魂、此云佐枳彌多摩。奇魂、此云倶斯美枳磨。鷦鷯、此云娑娑岐。

書き下し文

初め大己貴神《おおなむぢのかみ》の、国平《む》けしときに、出雲国の五十狭狭《いささ》の小汀《をはま》に行到《ゆきま》して、飲食《みをし》せむとす。是《こ》の時に、海上《わたつみのうえ》に忽《たちまち》に人の声有り。乃《すなは》ち驚きて求むるに、都《ふつ》に見ゆる所無し。頃時《しばらく》ありて、一箇《ひとり》の小男《をぐな》有りて、白蘝《かがみ》の皮を以《も》て舟を為《つく》り、鷦鷯《さざき》の羽《は》を以て衣《ころも》にして、潮水《しほ》の随《まにま》に浮き到る。大己貴神、即ち取りて掌中《たなえら》に置きて、翫《もてあそ》びたまひしかば、跳《をど》りて其の頰《つら》を囓《く》ふ。乃ち其の物色《かたち》を怪《あやし》びて、使を遣して天神《あまつかみ》に白《まう》す。時に、高皇産霊尊《たかむすびのみこと》、聞《きこ》しめして曰《のたま》はく「吾が産《う》みし児《こ》、凡《すべ》て一千五百座《ちはしらあまりいほはしら》有り。其の中に一《ひとり》の児最悪《いとつら》くして、教養《おしへごと》に順《したが》はず。指間《たま》より漏《く》き堕《お》ちにしは、必ず彼ならむ。愛《めぐ》みて養《ひだ》せ」とのたまふ。此《これ》即ち少彦名命是《これ》なり。顕、此をば于都斯《うつし》と云う。蹈鞴、此をば多多羅《たたら》と云ふ。幸魂、此をば佐枳弥多摩《さきみたま》と云ふ。奇魂、倶斯美挓磨《くしみたま》と云ふ。鶺鴒、此をば娑娑岐《さざき》と云ふ。

まえがき

《すくなさま》を漢字で書くと《少様》でありましょう。

『古事記』の原典では少名毘古那神《すくなびこなのかみ》と申しあげ、『日本書紀』では少彦名命《すくなひこなのみこと》と申しあげている神さまですが、少名毘古那神とか少彦名命とか申しあげるよりも《すくなさま》、つまり《少様》と申しあげるほうが、私どもにとって親しみもありますし、心の磨き合いにはよいように感じましたので、民間信仰の言葉にしたがって、こういう題目を選びました。

岩波文庫本の三十一頁の終わり一行目から三十二頁の九行目までのところを、お読みいただきたいと思います。

前回の例にならって本文を書き下しますが、今回のところは『古事記』の本文そのものは、少しも難しいことはありませんし、字句の意味も容易に理解できます。

しかし、ここは『古事記』の中でも非常に大切なところで、意味も深いところですし、信仰としても大切なところであります。

しかも『古事記』の《神代の巻》には、ここより他に《すくなさま》の心を味わうところはありません。

したがって、いつものように、次に本文として書き下す際に『古事記』の本文だけではなく、『日本書紀』『祝詞《のりと》』『古語拾遺《こごしゅうい》』『風土記』などにある少名毘古那神についての言い伝えを取り入れて書き下しますから、そのつもりでお読み願います。

ここのところもまた〈私などにはとても書きあらわせない〉と心配するほど、深い味わいのあるところであります。

本文

□思い煩《わずら》い

根の国の須佐能男命《すさのおのみこと》のところにおいでになって、学問・技術について、徹底的な修行をして、現《うつ》し国にお帰りになってから、大国主命の国造りの仕事は、初めて軌道《きどう》に乗り、どんどんはかどってまいりました。

一方、八十神《やそがみ》たちは大国主命からいろいろな学問・技術を教えられて、いまはもう大国主命に危害を加えるどころではなくて、その国造りの仕事に進んで協力するようになりました。

そういう折《おり》に、家庭に関する重大問題がつぎつぎ起こってきましたが、これも、大国主命の真剣な態度と、素直な気持ちとによって、解決の道が開かれたのでありました。

こうして、大国主命は、国造りの仕事がどんどんはかどっていきましたので、〈この調子で進んでいけばいい〉と思っておられましたが、そのうちに、どうも妙な具合であることに気付かれました。

それは、国の中のどこにも、また、大国主命の側にいる人々にも、誰一人として、大国主命に敵意を抱いたり、反抗したりする者はいないのに、どういうわけか、みんなが不満足な様子なのであります。

そこで、よくよくみんなの顔を見ると、どうも生き生きした喜びの顔ではなくて、目に光がありません。国造りの仕事がだいぶはかどったことに少し安心された大国主命は、この事実にお気付きなられて、すっかり悲しくなってしまいました。

それからは〈みんなの様子にどこかしら不満足そうなところがあって、そのためにみんなの目に光がないのはいったいどうしたことだろうか。これをなおすにはどうしたらいいのだろうか〉と、思い煩《わずら》うようになりました。大国主命の様子も、また不満足そうになり、その目つきも元気のないものとなりました。

□人の姿をしたもの

このような思い煩いから離れることのできない気持ちで、ある日、大国主命は、お供の人たちを大勢お連れになって、出雲の御大之御崎《みおのみさき》へ旅行なさいました。

ちょうど昼食の時刻になりましたし、景色が大変よいところでしたし、少しお疲れになったのでしょう。浜辺に腰を下ろされて、お休みになりました。しばらくは、良い景色に見とれておいでになりましたが、落ちつかれると、すぐに例の思い煩いが出てきました。

思い煩いながら、ふと海のほうをご覧になると、平穏《へいおん》だった海に、少し波頭《なみがしら》がたちはじめ、それが崩《くず》れ散って、白い波の穂《ほ》がちらちら見えはじめておりました。

美しい海の波の動きに、ご自分の思い煩いをお乗せになって、無心の気持ちで波に見入っておりますと、白く崩れ散る波の穂先《ほさき》を乗り切り乗り切りしている《小さなもの》のあることに気付かれました。

大国主命は〈おや、何だろう〉と訝《いぶか》りながら、それにお目を注いで、じっとご覧になりました。すると、その《小さなもの》は、パンヤという常緑高木の実を舟にして、それに乗り込み、身体には小さな蛾《が》の皮を丸剥《まるは》ぎにしたものを着て、大国主命がいらっしゃる浜辺に近づこうとしておりました。

それを、じっとご覧になっていた大国主命は、この有り様に、何かしら胸をお打たれになりました。そして〈これは何か理由があるに違いない〉と思いながら、なおもじっと見ておいでになりました。

すると、その《小さなもの》は、たいへんな努力の末、ようやく浜辺にたどりつきましたが、かなり疲れたものと見えまして、一休みしている様子でありました。

そのとき、大国主命は《小さなもの》の側に近づいて行き、丁寧《ていねい》にご覧になっていらっしゃいましたが、それが何であるか少しもわかりません。人の姿はしておりますが、あまりにも小さいので、普通の人でないことは確かであります。

そこで、大国主命はその小人《こびと》に向かって
「今日は、よいお天気ですね。失礼ですけれども、私は生まれて初めて、あなたのような方に出会いましたが、あなたはいったい何方《どなた》ですか」

とお訊《たず》ねになりました。

ところが、その小人は、大国主命の方をちらっと見ただけで、何とも答えません。

その横柄《おうへい》な態度に、大国主命は少しむっとされたのでしょう。

「おい、君はいったい何者だね。珍しい小人のようだが……」

と問いかけられました。

それでも、その小人は黙ったまま、何とも答えません。

持て余された大国主命は

「君は耳が聞えないし、口も利《き》けないようだね」

と言いながら、その小人をそっと摘《つま》み上げ、自分の掌《てのひら》に乗せて、お供の人たちがいるところに引き返して来られました。

そして、その小人をみんなに見せて

「これは、いったい何者だろう?」

と聞かれましたが、お供の人たちの中にも、その小人が何者であるか、知っている者は一人もおりませんでした。

□ 頬に食らい付く

大国主命は、その不思議な小人を掌に乗せたまま、お供の人たちに向かって、こんどは別な問いかけを始められました。それは、ご自身の思い煩いについてでありました。

「国造りの仕事もだいぶ捗《はかど》って、私はたいへん嬉しく思っております。しかし、この頃、気が付いたのですが、国造りの調子がどうも妙な具合のように思います。

とくに、国中の人たちの表情が、何かしら不満足なことでもあるように見えますし、誰の顔を見ても輝きがないような気がして、これでは困ったものであります。みんなもたぶん、それに気付いていると思いますが、これについての意見があったら、遠慮《えんりょ》なく聞かせてもらいたい」

と、仰せになりました。

ところが、お供の人たちは、この質問を受けた途端《とたん》に、畏《かしこ》まって目を伏《ふ》せて、一人もお答えする者はおりません。

大国主命は、しばらく待ってから
「私は最近、この問題ばかりを考えているのです。今日はぜひとも遠慮なく、みんなの意見を聞かせてもらいたいものです」

と仰せになりました。

ところが、やっぱり、みんな目を伏せて押し黙っております。大国主命はイライラした気持ちと、悲しい気持ちになりました。

そして、先刻から自分の掌に乗せておいた小人のことなどすっかり忘れて、指先でその身体を玩具《おもちゃ》のように弄《もてあそ》んでおりました。するとその小人は、大国主命の掌から飛び上がって、頰《ほお》に食らい付きました。

大国主命は頰を虫にでも刺されたように感じて、痛いところに手をやってみますと、その小人が食らい付いております。大国主命は
「このチビめ、何という悪戯《いたずら》をするのだ」

と言いながら、掌に取って、小人の顔にじっと見入られたところ、小さいながらも、その顔は生気に満ち満ちていますし、光り輝いているように思われました。

そこで、大国主命は、こんどは丁寧な言葉遣いで

「君には私の質問の意味がわかり、私の思い煩いがわかるのですか」

と問われたところ

「そうです。そうです」

と、その小人が頷《うなず》いたような気がしたので、大国主命はいよいよ不思議に思われました。

そこで、こんどは

「君は、私が国造りの現状について困っているのを、どうしたらよいか知っているのですか。私の思い煩いを解決する方法を教えてやろうと思うのですか」

と聞いてみました。

ところが、また
「そうです。そうです」

と、頷くように思われるのです。

そこで、大国主命は何とかして、その小人が何者であるかを知り、さらには、その小人と話をすることができる方法はないものかと、真剣にお考えになりました。

そして、このことをいつも頭の中に入れておいて、これはと思う人と出会うたびに、その小人のことを訊ねてみましたが、誰一人として知っている者はありません。

□ ヒキガエル

ところが、ある日、山麓《さんろく》に旅行をして、池の端でお休みになりながら、また、その小人のことを考えておいでになりました。
しばらくして、ふと頭を上げて池の辺《あた》りを見回すと、水の中を一匹のヒキガエルが呑気《のんき》そうに泳いでいることに気付かれました。大国主命は
「呑気な奴もいるものだ」
とつぶやきながら、別に気にもとめないで、また、その小人のことを、お考えになっておりました。
すると、不思議なことに、ヒキガエルはどこにも行かないで、同じところを同じように泳ぎ回りながら、大国主命のほうを向いて、お辞儀でもするような仕草《しぐさ》をしております。
大国主命は〈おかしな奴だな〉と思いながら、じっとご覧になっていると、向こうからまた引き返してきて、大国主命の顔を見ておりますから
「おいおい、ヒキガエルさん、君は小人のことを知っておるのかね。これこれこういう訳で、私は小人が何者であるか知りたいのだ」

と問いかけました。
すると、ヒキガエルはどういうつもりか、ゆっくり大国主命の側まで泳いできて、きょとんとした目をして、大きな咽喉《のど》をふくらまして
「グーグー、グーグー」
と鳴くのであります。
大国主命は、その様子をごらんになって
「ヒキガエルさん、君は小人のことを知っていると見えるね。けれども、君の鳴き声〈グーグー、グーグー〉だけでは、悲しいことに私にはわかりません」
とおっしゃいました。
そうすると、ヒキガエルは目をくりくりさせて、手をついて
「グーグー、グーグー」
と、またしきりに鳴くのであります。

そこで、大国主命は
「とにかく〈グーグー、グーグー〉ですね。よしよし、それを忘れないで何とか工夫をしましょう。ヒキガエルさん、有難う」
とおっしゃいました。
すると、ヒキガエルは、さも満足そうにぴょこんとお辞儀でもするような仕草をして、池の中に飛び込んで泳いで行きました。

□ 大国主命の煩悶

大国主命は〈小人のような者が現われたり、ヒキガエルがグーグーと鳴いて聞かせたり、奇妙なことがあるものだ〉と思いながら、池の側を離れられました。そして、ひとり静かに小人のこと、ヒキガエルのことを、御《み》魂鎮《たましず》めをしながら、じっとお考えになりました。

そして、ときどき

「グーグー、グーグー」

と自らの口の中で言ってみました。

こうして、考え続けるうちに、小人とヒキガエルを比べてみる気になられました。小人は海の上で、木の実の舟を頼りにして、蛾の皮を着物にしていたのに、ヒキガエルは舟も着物も必要なくて、呑気そうに池の中を泳ぎ回っていたわけです。

大国主命は〈はてな？〉と、考えに沈まれましたが、やがて、小人よりヒキガエルのほうが呑気な理由に気づかれました。

自分はこの頃、国造りの行き詰まりに頭を痛めておったが、小人のためには舟や着物の心配をしてやればいいわけだが、ヒキガエルのためには自分は何を心配してやればいいのだろうか。

いやいや、小人だって
「舟や着物の心配はいりません。どんなものでも舟や着物にします」

と言うかもしれません。

そうしてみると、小人やヒキガエルのためには、自分は何もしてやれないことになるとお考えになりました。

そして、なるほど、小人やヒキガエルと同じような境遇にいる人間には、自分は何の縁もない人間だなというように思えて、寂《さび》しい気持ちにおなりになりました。

大国主命は、こんなことを考えながら付近を歩き回られましたが、いつのまにか池の側《そば》まで来ておられました。すると、またさっきのヒキガエルが泳いできて、大国主命の方を向いて
「グーグー、グーグー」

と、鳴くのであります。

□ 久延毘古《くえびこ》

大国主命は〈グーグー、グーグー〉という鳴き声をお聞きになって、ヒキガエルが呑気そうに目をくりくりさせたり、手足をゆっくりと動かしている姿をご覧になって、ふとお気付きになりました。

「おお、ヒキガエルは生きておったな。おお、小人も生きておったな。そうだ、生きておるのだ。生命があるのだ。生命のあるものに対しては、舟や着物を作ってやる必要がなくても、まだ自分としては尽くす道があったはずだ。

現に自分は、小人を捻《ひね》り潰《つぶ》しもしなかったし、ヒキガエルに石を投げつけもしなかったが、小人の気持ちやヒキガエルの気持ちと一つになって、生きることを喜ぶことができれば、なおいっそう自分の仕事の仕方が深まって、現在の行き詰まりが開けるかもしれない」

大国主命はこんなことを考えながら、また目を上げて、ヒキガエルの様子をご覧になって、ふと案山子《かかし》のことを思い出されました。案山子はグーグーとも鳴かず、目をクリクリもさせず、手足も動かしません。
大国主命は、その案山子の姿を思い出されて
「ヒキガエルさん、案山子に聞いたら、小人が何者であるかがわかるというわけですね」
とお聞きになると、ヒキガエルはさっきと同じように
「グーグー、グーグー」
と鳴いて、頷くような仕草をしました。
そこで、大国主命は、お供の人に言い付けて、案山子を探し持ってこさせて、その案山子と問答をしようとなさいました。
ところが、案山子というのは『古事記』の本文に《久延毘古《くえびこ》》と書いてあるように
「人たることをやめた廃人《はいじん》」

であって、生命がありませんから、大国主命が何をお訊ねになっても、黙ったまま、何の答えも身振りもいたしません。

そこで、大国主命はじっと目を閉じられて、小人のこと、ヒキガエルのこと、案山子のことなど、順々にお考えになりました。次には、小人のことも、ヒキガエルのことも、案山子のことも、すべて忘れて、ひたすら生命の奥深くへ御魂鎮めをしていかれました。

そうしているうちに、ご自分の身体も気持ちも、透き通った水晶のようになり、その気持ちの中に、ふと〈案山子の姿が現われた〉と、お思いになった瞬間、その案山子が、ご自分の身体になりました。

しかも、ご自分の身体は、現在のご自分の身体ではなくて、手間山《てまやま》の麓《ふもと》で、八十神たちに騙《だま》されて、赤猪《あかい》を抱いて焼け死んだ時のご自分の姿になり、次には大樹の間に挟《はさ》まれ死んでいるご自分の姿になりました。

これはこれはと思っているうちに、神産巣日神《かみむすびのかみ》に活かしていただいて、麗《うるわ》しき壮夫《おとこ》となって、出で歩いているご自分の姿になり、さらに、そのご自分の姿が、いつのまにか小人になり、小人になったと思った瞬間に、こんどはヒキガエルになりました。

ここで、大国主命は静かに御魂鎮めを解かれて、じっと案山子をご覧になると、その案山子が

「その小人は、神産巣日神のお子さまで、少名毘古那神《すくなびこなのかみ》という方です」

と教えていることが、はっきりわかりました。

そこで、大国主命は小人をお呼びになって

「あなたは、神産巣日神のお子さまの少名毘古那様でいらっしゃいますか」

とお訊ねになったところが

「そうです」

と頷かれたのであります。

□少名毘古那神《すくなびこなのかみ》

大国主命は、たいへんお喜びになりました。

それというのは、ご自分がいま抱いているところの〈国造りについての思い煩いは、神産巣日神様なら必ず助けて下さるに違いない〉とお思いになったからであります。

祖神《おやかみ》である須佐能男命のところでの修行だけでは足りなかったので〈ここで新たな段階が開かれるに違いない〉と確信された大国主命は、ただちに、その少名毘古那神をお連れして、神産巣日神のところにまいのぼっていかれました。

神産巣日神のところにおいでになった大国主命は、少名毘古那神を掌に乗せたまま、神産巣日神に対して、いろいろ申し上げました。赤猪《あかいだ》抱き、その他、いろいろの場面で生かしていただいたことのお礼から、須佐能男命のところへ修行に行った時のこと、現在の思い煩い、それから、出雲《いずも》の御大之御前《みおのみさき》で少名毘古那神に出会ったことなど、すべてを、ありのままにご報告申し上げました。

さらに続けて

「この少名毘古那神様は、神産巣日神様のお子さまであって、自分の思い煩いを解決する方法を知っておいでの様子ですから、神産巣日神様のお許しを得て、国造りの方法を教えていただきたいと思います」

とお願い申し上げたところ、神産巣日神は

「お前の掌に乗っているのは、確かに私の子どもに違いありません。私には数えきれないほど、たくさんの子どもがありますが、その中でもいちばん小さい子どもであって〈よくもこんな小さい奴が生まれたものだ。可哀《かわい》想《そう》なことに〉と思って、掌に乗せて育てておったところが、ある時、指の間からひょいと落ちて、そのまま見えなくなった子どもです。そのちびめが役に立つときがきましたか。有難いことです。どれどれ……」

と仰せになって、少名毘古那神を掌の上にお受取になって、じっと眺め入られ、少名毘古那神に、次のように仰せになりました。

「ちびめよ、よく元気でおったな。お前は小さい身体で、可哀想なやつだと思っていたが、その小さいお前が、本領を十分に発揮して、受持ちを果たす時がきました。お前はあまりにも小さくて、単独では仕事ができません。幸い、ここに大国主命という大きな仕事をする男が来ました。ところが、この男は、お前の持っているものを持っておりません。そこで、お前の教えを受けて、国造りという大事業を進めていきたいと言っているから、お前はその大国主命と兄弟になって、その手助けをしてやりなさい」

神産巣日神の、この言葉を聞いた少名毘古那神は、初めて口を開き

「はい、畏《かしこ》まりました。やりましょう」

と、はっきり仰せになりました。

大国主命は、やっと少名毘古那神の言葉を聞き分けることができて、たいへん嬉しく思い

「どうぞ、よろしく、ご指導をお願いします」

と申しますと、少名毘古那神も

「よし、よし、大《おお》いにやりましょう」

と答えました。

大国主命は〈ああ、これで少名毘古那神と口が利けるようになったか〉と、たいへんお喜びになって、大国主命と少名毘古那神は、神産巣日神のご祝福を受けて、現し国に降ってまいりました。

□ 名前を捨てる

現し国に着きますと、お二柱《ふたはしら》の神さまは、早速、国造りについてのご相談をはじめました。

大国主命は少名毘古那神に
「まず、どういうふうにしたら、自分の現在の思い煩いを解くことができるでしょうか」
と訊ねましたところ、少名毘古那神は
「そういう呑気な質問の仕方はダメです。根本から出発し直さなければいけません」
とお答えになりました。
それで、大国主命が
「それでは、何からはじめてよいか、ご指導をお願いします」
と申しますと、少名毘古那神は
「よろしい。それでは、私からお話ししましょう」
ということになって、つぎのような話し合いが始まりました。

＊

「改めてお伺いしますが、あなたのお名前は何と言いますか」

「大国主命と申します」

「それだけですか」

「大穴牟遅神《おおなむぢのかみ》、大名持神《おおなもちのかみ》とも申します」

「大名持神と言うと、まだ他にも名がありますか。あったら、全部を言ってください」

「葦原色許男神《あしはらしこおのかみ》とも、八千矛神《やちほこのかみ》とも、宇都志国玉神《うつしくにたまのかみ》とも申します。まだ他にも、多くの人が数々の名をつけております」

「そうでしたか、わかりました。国造りの仕事を固めるためには、あなたはまず、その名を全部捨ててしまわなければいけません。一人でそんな良い名を持って、仕事の功績《こうせき》を自分のところに集めてしまったのでは、人心が倦《う》むのはあたりまえです。

それはかりではなくて、そういういかめしい名を持って、お供を連れて堂々と天下を歩いたのでは、世の中の真相がわからなくなりますから、あなた自身がどんなに親切を尽くしたつもりでも、その親切が的外れになりますからダメです。

あなたが心配しているのは〈国中のみんなが苦情は言わないけれども、満足してはいないようだ、顔に元気がなく、目に光がない〉ということでしょう。どうです、思い当たりませんか」

こう言われて、大国主命は〈なるほど、そうであったか〉と、すぐに理解できましたので

「全く仰せのとおりで、よくわかりました。そこで、私は自分の名を全部捨てて仕事をしたいと思いますが、具体的にはどうしたらよろしいでしょうか」

と申しましたところ、少名毘古那神は

「そこです。だから神産巣日神様が〈私と兄弟になりなさい〉と仰せになっ

たのです。あなたはすべてを捨て、私の弟分になりなさい。そして、私のお供をして、一緒に国中を回り歩きましょう。そうすると、人々は分け隔《へだ》てなく、ありのままの姿を見せます。そうなったら初めて、人が何を欲しており、何が不満足であるかということがわかりますから、国造りの仕事は一段と進むことになりましょう」

と仰せになったので
「よくわかりました。私はあなたの弟分として、お供をさせていただきます。ときに、あなたのお名前は何と申し上げたらよろしいのですか」

と、大国主命が質問なさいましたところが、少名毘古那神は、カラカラとお笑いになって、次のようにお答えになりました。

「とうとうそこまで来ましたね。よい質問で、私はその問いを待っていたのです。私は名無し坊で、身体も有るか無きかのちびっ子です。だから〈すくなひこ（少彦）という名の神〉というところから、少彦名神《すくなびこなのかみ》と言ったりしております。

形は見えないほど小さいし、名もないのですが、これが大事なことなのです。お陰さまで私のする仕事は誰も気がつかないし、名無し坊ですから、たとい良いことをしても、感謝のしようもないし、称賛《しょうさん》のしようもありません。

こうしてやった仕事は、本当に良い実が結びますが、感謝する人もなく、褒《ほ》める人もなく、自然のこととして、みんなが喜んでいるのを見るのが、私の楽しみなのです。

どうです。今までのあなたには、そういう喜びがわからなかったでしょう」

□少彦名のお供

大国主命は、黙って、この話を聞いておりました。

なるほど、考えてみると、自分が須佐能男命のところでの修行を終えて帰ってきてやった仕事は、人のためになることは随分たくさんあって数えきれないけれども、仕事をしただけの功績は、必ずみんなに認めさせてきました。それは、権力が主になっていて、いかにもゆとりのないやり方だったことにお気付きになりました。

そこで、大国主命は

「よくわかりました。いままでの私の仕事の仕方は、いかにも合理主義と権力主義で押し通すものだったということがはっきりわかりました。あなたのおっしゃるとおり、いちいちもっともであります。

そこで、私はあなたのお供になって、世の中のために尽くしたいと思います。それが、国造りの固めに、なくてはならぬものだということがよくわかりました。

あなたは名無しの小人さんで、それで良かったというか、本当にそれでなくてはなりませんでした。名が無く、身体も有るか無きかの小人で、それで仕事をなさるというのは、なんと床《ゆか》しいことでしょう。

私はあなたのお供として仕えますので、あなたに国造りの仕上げをお願いしたいと思います」

と、心から申し上げましたところ、少名毘古那神は、たいへんお喜びになって
「有難いことです。私もこれで初めて本当の仕事をさせてもらえます。私のような者のお供になって、名も残らず、功績も伝わらないような仕事の手伝いをしようという者は、これまで一人もありませんでした。あなたはさすがに《ふくろしよい》の達人ですね。前に八十神の従者《とも》になったように、こんどは名も無いちびの従者になっていただきましょう」

と仰せになりました。

そこで、大国主命は、それまでおやりになっていた仕事は、すべて、お

子さまの事代主命《ことしろぬしのみこと》や建御名方命《たてみなかたのみこと》にお任せになって、どこともなく旅に出てしまわれました。

こうして、旅に出られてからの大国主命は、ご自分の名では何一つ仕事をなさいませんでした。もちろん、何かの仕事をなさったと、聞こえたり知られたりすることはありましたが、それはみんな少名毘古那神の仕事として伝えられております。

ところが、その少名毘古那神は、居るのか居ないのかわからない神さまですし、そんな小人は誰も見たことがありません。こうして、誰がするのかわからない良い仕事が、あちらこちらで進められましたので、初めて、国中に住むみんなの心のなかに
「ああ、ここはまことに住みよい、良い国だ」

という気持ちが起こってまいりました。

「これから後も、どんなに良い事が行われるかも知れないところの、居心

地よい国だ」

という希望が湧いて、みんなの顔が、何かしら満足そうに、希望に満ちたように、光り輝いてまいりました。

□数々の言い伝え

さて、こうして少名毘古那神と大国主命が、日本の国中をお回りになって、なさった仕事として言い伝えられていることはいろいろありますが、その中から幾つかを拾ってみましょう。

▽人々や家畜のために、医療の道を開いてお歩きになりました。また、鳥や獣や昆虫などから受ける災害を除くために、人々に《まじないの法》を教えられました。それで、今でも医者の神、まじないの神は、少名毘古那神と大国主命ということになっています。（『日本書紀』『古語拾遺』）

▽ご両神が伊豫《いよ》の国に行かれた時、少名毘古那神がご病気になられたので、いろいろ工夫の結果、九州から海底を通して湯を引かれ、道後温泉をお開きになりました。(『伊豫国風土記』)

▽伊豆の箱根においでになったとき、ご両神は相談をなさって、人々が夭折《ようせつ》するのを何とか防ごうというお考えから、箱根の元湯をお開きになりました。(『伊豆国風土記』、逸文)

▽稲の種を持ってお歩きになり、所々にお広めになったものと見えて、播磨《はりま》の国の『稲積山』というのは、ご両神が稲の種を積まれたところから起こった名だと言われています。(『播磨国風土記』)

▽出雲国に『多禰《たね》の郷《さと》』というところがありますが、これはご両神が日本の国中を回られていたとき、稲の種をここに落とされたために起こった名だと言い伝えられております。(『出雲国風土記』)

▽尾張の国の『登々川』という河は、ご両神が日本の国中を回られてい

た足跡に縁があるところから『跡々川《ととかわ》』というふうになったのだと言い伝えられております。（尾張国逸文）
▽播磨国の『埴岡《はにおか》の里』について、その名の由来する面白い伝説があります。ご両神が〈土の荷を運んでいくのと、屎《くそ》を垂《た》れないでいくのと、どちらがやさしいか〉ということで、この地で、議論と実演をなさったということです。（『播磨国風土記』）
▽播磨国の『筥《はこ》の丘』という地名の由来について、ご両神が日女道神《ひめじのかみ》にお出会いになったという言い伝えがあります。（『播磨国風土記』）
▽ご両神が伯耆《ほうき》国においでになったとき、粟《あわ》をお蒔《ま》きになったという言い伝えがあります。（『伯耆国風土記』、逸文）
▽少名毘古那神は、酒の神さまとして、酒の改良に努力されたという言い伝えがあります。（『古事記』仲哀《ちゅうあい》天皇の条《くだり》）

＊

このように種々の言い伝えを思い合わせてみますと、神産巣日神のお子さまとしての少名毘古那神は、大国主命をお供にお連れになって、日本の国中をお回りになって、あらゆる方法を駆使して、生きとし生けるものをお助けになったのであります。

ところが、大国主命は、世捨人の格好で少名毘古那神のお供になっておりますし、少名毘古那神は、あるかなきかの《すくなさま》でありますから、助けられた者は、助けられた事実さえ知らないことが多かったので、このような様々な言い伝えが残されているのであります。

□常世《とこよ》の郷へ

少名毘古那神のお供になった大国主命は、こうして国造りの仕事が固まっていくのを見て、嬉しくて嬉しくてたまりませんでした。少名毘古那神の言うとおりに、仕事をしていきさえすれば、国中がこんなにも明るく、こんなにも朗らかになっていくものかと、すっかり喜んでおられました。

そこで、ある日、大国主命は少名毘古那神に

「私たちの仕事は、だいぶ捗ったように思いますが、喜んでよいものでしょうか」

と申しましたところが、少名毘古那神は

「どうして、どうして、まだまだです。良いところもありますが、ダメなところもあります」

と、謎のような答え方をして、叱り付けました。

大国主命は、叱られた訳がよくわからないでおりましたところが、こんな問答があって間もなく、ある日、少名毘古那神はひょいと見えなくなってしまいました。

一説には

「熊野の御碕《みさき》から、常世の郷に行った」

と言いますし、また、一説には

「淡嶋《あわしま》に行った時、粟茎に登り弾《はじ》かれて、常世の郷に行った」

とも申しますが、少名毘古那神を頼りに、仕事をしておった大国主命はすっかり困ってしまいました。やむを得ず、一人で歩いてみましたが、どうも仕事はうまくいきません。

こうして、次の道が開けていくことになるのであります。

あとがき

以上、書き下してまいりましたところについて反省いたします。

本文をお読み下さっただけで、充分おわかりのことと思いますが、気のついたことを申し上げまして、この《すくなさま》のお諭《さと》しを味わっていただきたいと思います。

□自他一体の境涯

まず、大国主命のお示しになる人間完成への修行の順序という点から考えてみましょう。

この《すくなさま》以前のところは、自分と他人の間にあるところの区別を明らかにして、自分と他人の間に存在するところの理論や、自分にも他人にも役に立つところの学問や技術などの技を体得することでありました。あるいは、それによって、自分と他人との間の協調を保つという程度でありました。

ところが、この《すくなさま》のところは〈自分と他人の間にある区別を無くそう〉というところに、一歩進んでおります。つまり、いままでのところは、合理主義であり権力主義であるのに対して《すくなさま》のところは、神秘主義、慈愛主義とでもいうべきものに一歩入っているのでありまず。もっと言えば、相対主義から絶対主義に一歩近づいたものであります。

独立した個々の自然人の姿の間に生ずる矛盾・反対に苦しめられて、自他の協調を保つため、祖先が作った文化財としての学問・技術の修行に入ったのがいままでのところでありました。

しかし、この《すくなさま》のところでは、さらに、遠い祖先の生命にまでさかのぼって、自他一体の境地に入ろうとしているところを示しているのであります。

万人・万物を同胞（はらから）と感じて〈万人・万物をして万人・万物たらしめるのに力を尽くす〉こと、権利・義務を通り越し、徳・不徳を通り越したところの、ただひたすらなる喜びを感ずる境涯《きょうがい》に近づいているのであります。〃かたち〃や理論の世界から〃さび〃の世界に入ってきているのであります。

少し理屈を言い過ぎたようですが、ご自分でよく『古事記』の本文をかみしめて味わっていただきとうございます。

□ 共存共栄の心

つぎは《たにくく（谷蟆）》に向かって、大国主命がお話になっているところを味わっていただきたいと思います。

この《たにくく》というのはヒキガエルのことでありまして、ちょっと考えますと、これは気味のよいものでも、体裁《ていさい》のよいものでもありませんが、大国主命は、この《たにくく》と、実に根気よく話し合って、ついに《たにくく》から一大事を学び取っておられまして、ここのところは、よく味わっていただきたいのであります。

言ってみれば、大国主命は《たにくく》と一つ心になっておられるというか、大国主命は《たにくく》と一つ命を、自己の中に見い出されたのであります。生きるものの生きる喜びこそ、生きるものにとって、もっとも基本的なもの、すべての出発点であることを、お悟りになったのであります。

このことを明らかにするために《へみはらい》と《しらみとり》のところ（註・第二集『蓋結《うきゆい》』）を、いま一度、考えてみましょう。

《へみはらい》と《しらみとり》の段落が〝払い〟であったり、〝取り〟

であったりするうちは、まだまだ、生きものに対する最善の対し方とは言えないのであります。

もちろん《へみ殺し》《しらみ殺し》よりは《へみはらい》《しらみとり》のほうが一歩進んではおりますが、さらに進んで〝へみ〟や〝しらみ〟と親しみあい、一つ命を感じあうところに至れば、一段の進歩であると存じます。

大国主命と《たにくく》との対話は、その一段の進歩を示しておりまして、ここに出ておるのは《たにくく》だけですが、代表的に《たにくく》が出ているのでして、大国主命があらゆる生きものと一つ心になられたことを示しておるのであります。

この心が開けた時に、はじめて生太刀《いくたち》、生弓矢《いくゆみや》の教えも徹底することになると思うのですが、ここのところは、前段からの当然の展開と考えてよいわけで、殺さないで生かすところから、生きる喜びを共に味わうところまで進んできたことになるのであります。

床の間の置物にヒキガエルが使われておりますが、焼物もあり、木彫りもあり、あるいは、一匹のも二匹のもあります。このように、日本人がヒキガエルの姿を楽しむ習慣は、まことにゆかしいものだと思います。

これは、ヒキガエルだけではなくて、いろいろな動物を置物にして親しんでおり、さらに置物だけではなくて、絵画になったり、和歌や俳句の題材になっておりまして、これは、われわれの祖先が理屈を離れて、あらゆる動植物と一つ心になって、暮らしてきたことを示しております。

そして、農業は言うまでもなく、現代の発達した学問も、本当の学問の仕方から言えば、生きとし生けるものと一つ心になって、あらゆるものの性質を究めて、それら生きものと人間との共存共栄をはかるところにあると信ずるのであります。

ここのところは『惟神《かんながら》の心の五則』から言いますと、第一則の

「各《おの》も各《おの》もの上に神のましますことを忘れざること」に該当《がいとう》するところであります。

この第一則に示された心が、人という範疇《はんちゅう》からさらに進んで、あらゆる動植物など、生きとし生けるものの範疇に及んできたことを示しているのであります。

たとえば、ヒキガエルのようなものでも、己の受持ち分担を通して、世の中を引っ提《さ》げ追い進んでいることを人々が悟るとき、そこに、ヒキガエルと人との間に、一つの心、一つの命の生きる姿がはっきりして、その喜ばしさが、置物や、絵画や、和歌や、俳句として、現われるのではないかと思います。

□久延毘古《くえびこ》の存在

次に、久延毘古《くえびこ》について申し上げます。

〝くえ〟は〝壊れる〟という意味であり〝ひこ〟は〝彦〟であって
「雨に打たれ風に吹かれて、見る影もなくなっている人の形をした物」

という意味であります。

みすぼらしい人の姿をしていますが、人ではないところの存在、世に言うところの案山子《かかし》のことであります。

「大国主命は、この案山子に少名毘古那神の存在を教えていただいた」

と『古事記』に書いてあるのであります。

あるいは、また
「故《かれ》、その少名毘古那神《すくなびこなのかみ》を顕《あら》はし白《もう》せし謂《い》はゆる久延毘古《くえびこ》は、今者《いま》に山田《やまだ》之曾富騰《のそほど》という者也《なり》。この神は、足は行かねども、盡《ことごと》に天の下の事を知れる神なり」

というふうに説明しておるのであります。

大国主命が案山子をご覧になって、自ずから動かず、自ずから物を言わない案山子から、生命のあるものと、生命のないものとの区別を、お悟りになったのであります。

たとい、どんなに小さなものでも、生命のあるものは、すべて、生命の尊重ということから、出発しなければならないことを、お悟りになったのであります。

生命のないものは、どんなに見事で、どんなに複雑そうに見えても、その働きと存在には一定の限界があって、これが「久延毘古は、足は歩かねども、天下のことを悉《ことごと》く知れる」ゆえんであります。

私たちは平生《へいぜい》、人に対しながら、案山子に対するような態度ではいないでしょうか。実際に、そういうことが、意外に多いのではないかと思います。一人一人が、みんな大切な親の子どもであることを忘れて、その人がとりあえず現わしている姿だけを見てはいないでしょうか。

案山子はあくまでも案山子であって、生命のあるものは生命のあるものだと、はっきりと区別がついたときに、かえってそこに、本当の案山子の姿が現われるのであります。

また、私たちは、人たることをやめた案山子の気楽な姿を眺めるとき、いまさらのように、生命の底の知れない深さ、楽しさ、苦しさというものに気がつかないでしょうか。生命が持つところの天晴《あっぱ》れさと哀れさとに気がつかないでしょうか。

□ 天下のことを悉く知る

こうして、生命のないものの中にも、結局、生命のあることを悟る段階が次に開けてくるのでして、これが案山子の教えであり、この心が現われて、案山子の姿が絵に描かれたり、俳句の題材になったりしているのであります。

そして、すでにヒキガエルから、生命の尊さを学び取っておった大国主命は、案山子の姿をご覧になって
「生命の存在を疎《おろそ》かにし、生命の発展に力を尽くすことを忘れておった自分の姿は、案山子にも劣る」

とお悟りになって、いまさらのように反省なさいました。

実際に、衣食住の材料を整える学問・技術にのみ熱心になって、そのことにだけ心を奪われて、生きものの持つ生きることに対する根本的な配慮を忘れておったことを反省なさったのでして、これが案山子の教えたところの《すくなさま》の姿であります。

それからまた、案山子が持っている消極的な特長であるところの無念無想、これがあるがために、人々は案山子に何のわだかまりもなく、ありのまま対しますので、案山子にはすべてのことが、ありのまま映るわけであります。

人であることをやめた《久延毘古《くえびこ》》の案山子は、自分自身には何の考えることも、求めるところのものもありませんから、人々はかえって、その時のありのままの心で、案山子に対するのであります。

それは、単に人だけではなくて、世の中のあらゆる現象が、すべてそのまま案山子に働きかけますので、案山子はありのままの姿を現わします。日が照れば日に照らされ、風が吹けば着物が揺れ、雨が降れば雨に濡《ぬ》れるのでして、これが案山子の〈天《あめ》の下のことをことごとく知っている〉ゆえんであります。

大国主命はこう考えますと、人々が自分に対して、ありのままの心で向かってくれないことを、つくづく悲しく思われて

「できれば自分も案山子のように、生きたままで人であることをやめた姿になりたい」

と、お考えになりました。

そしてまた、大国主命は
「そうすれば、みんなのありのままの姿が見えるようになるだろう。そうすれば初めて、自分は本当に親切な仕事ができるだろう」
とお考えになって《すくなさま》のお供になり、ご自分の姿をお隠しになったのであります。

□生命（いのち）の神

ここで、少名毘古那神のことについて、反省したいと思います。
民間では、ふつう《すくなさま》と呼んでおりますが、この《すくなさま》のお諭《さと》しについては、いろいろのことが思い出されますので、そのことについて申し上げたいと思います。
まず第一に、このお話で注意すべきことは
「万物の生命を尊重せよ」

ということであります。

神産巣日神は〈ものを作り生かす〉神さまで、大国主命がこの神産巣日神のお子さまである《すくなさま》の弟分となられて、国造りの固めをなさったということは〈学問・技術の世界から生命の世界に入った〉ことを示すのであります。

「何のための学問であり、何のための技術であるか」

というところに、一歩突き進んだものと考えるのであります。

どんなに学問・技術を身につけましても、その学問・技術を生み出した主人公であり、役立たせる主人公である生命（いのち）に対する理解と共感がなくては、人々を満足させることはできないのであります。

ところが、生命（いのち）というものは、その本源にさかのぼりますと、生きとし生けるものの生命（いのち）が一に帰するのでして、したがって生命（いのち）には、大小、貴賤《きせん》はないのであります。

だからこそ、神産巣日神のお子さまとしての少名毘古那神が《すくなさま》として、見た目には居るのか居らぬのかわからない小さな神さまとして考えられているのであります。

根堅洲国《ねのかたすくに》の須佐能男命《すさのおのみこと》のところで、いろいろな学問・技術を、命がけで修得なさった大男の大国主命が、こんなに小さな生命（いのち）の神の《すくなさま》の弟分として、いろいろ教えを請《こ》うところが大事だと思うのであります。

□本当の偉い人

次に、共に生きていく人間相互間の心得として、この《すくなさま》の物語に含むお諭しを味わってみたいと思います。

それは、どんなに他人の生命（いのち）の発展のためになるような仕事をしても、それによって褒めてもらったり、名誉をもらったりしないようにしなければ、せっかくのよい仕事も、本当のよい仕事にはならないものだということが、力強く主張されておるのであります。

人のためになるような良い仕事をするときには、なるべく人にも世間にも知られないように心を配るべきだということが、強く主張されているのであります。

大国主命が《すくなさま》のお供をして、日本のあちこちをお回りになって、気の毒な人々に医療を施されたり、温泉を開かれたり、穀物《こくもつ》の種子を配って歩かれたというような言い伝えが残っていること、あるいは、それが本当にのんびりした気持ち良いものであることは、この間の消息を物語っておるのであります。

何事にかかわらず、世間の人々に
「結構なことだ」

と言われるほどのことは、必ずそれは天地の恵みがもとで出来ているのでありまして、決して一人の人間の私心や頑張りなどで仕上がるものではありません。

ところが、天地の恵みが現われるときには、必ず具体的な形で現われてきますし、われわれもそれに対して、具体的な感謝の意を表したいものですから、それゆえに、有名な人が現われたり、偉い人が現われたりするだけのことであります。

しかし、自ら有名になりたがったり、偉い人になりたがったりするような者には、本当の立派な人はおりませんし、自ら有名になるに値すると考えたり、自ら偉いぞと考えたりするような人を、日本民族は〈本当の偉い人〉とは見ておらないのであります。

□自らを信じる

さて、つぎは人間の人格の修行、言い替えれば《みこと》としての社会に対する奉公の仕方という点について考えてみます。

人間の修行には、先ず第一段階として〈自らに絶大の力あり〉と信じることが大切であり、そして、これを信念的活動とすることが、一つの仕事を開始するためには、ぜひとも必要であって、そうでなければ何の仕事も始まりません。

しかし、その仕事が、ある段階まで進んで大きくなり、仕上げが近づいてくるにしたがって、自らの力が絶大であることは、実は、自己の力ではなくて、世間の力、天地の恵みであったことに気付かなければ、仕事は完成されません。

表現としては、矛盾のように聞こえますが、自らを信じることの絶大な力は、実は、自らを信ぜざることの絶大な力の湧き出るところと、その源泉は一つであります。

須佐能男命から

「その汝《いまし》が持てる生太刀《いくたち》、生弓矢《いくゆみや》をもちて、汝が庶兄弟《ままあにおと》をば、坂の御尾《みお》に追ひ伏《ふ》せ、河の瀬に追ひ撥《はら》ひて、おれ大国主命となり……」

というお言葉を受けて、絶大な自信を持って、国造りを始められた大国主命であります。

その大国主命が、居るか居ないかわからないほど、小さな姿をした《すくなさま》のお供になられたのは、自己の絶大な力を信じるところから、自己の力の極小なことを信じるところに進まれたものと考えてよいのであります。

大国主命がお示しになったこの変化は、決して退歩ではなくて、大きな進歩なのであります。

自己の力に追い伏せ追い払われた八十神たちの顔に、本当の喜びの心がなく、生気がないのを見た大国主命は、考えこまないわけにはいかなかったのであります。

こうして、一度《ひとたび》たいへん強くなった大国主命のお心は、今度は逆に非常に弱くなったのであります。しかし、この弱さは決して簡単な弱さではなくて、強さの上に立った弱さ《もののあわれ》の心に基づいたところの弱さであります。

自己の力がいかに小さいものであるかを悟り、自己の分別力がいかに小さなものであるかを悟ったときに、自己の上に集まってくる天地の力を、もっと素直に動かすことができるのであって、このときの自己の姿は、極小であると同時に極大であると言えると思います。

□《すくなさま》の信仰

大国主命が《すくなさま》のお供になって、国造りの固めの仕事をして歩かれたということは、いろいろな教えを含んでおりますが、ただそれだけではなくて、これが大和民族の大和魂の修行の方法や実現の方法として、いろいろな形になって現われておるのであります。

昔から

「可愛い子には旅をさせよ」

と申しますが、旅というものは、大古から大切な修行方法の一つでありました。

旅に出ると、旅人というのは一種の久延毘古《くえびこ》ですから、世の中のありのままの姿が見えるようになります。それは同時に、ありのままの自分の姿も見えるようになって、そこで初めて、考えること、行うことが確かになって、いわゆる足が地につくようになるのであります。

『万葉集』に現われている乞食人《こつじきびと》の存在なども、この旅の良さを利用したものの一つで、というのは、食を乞いつつ、歌を詠みながら、諸国を回り歩いたのであります。

『万葉集』の中には、そんなに多くはありませんが、乞食人の良い歌が載っており、この乞食人を存在させた源泉は《すくなさま》の信仰にあるのであります。

実際に、昔の旅のことを考えてみますと、旅を続けるためには、その行く先々で、人々の心の親切と物の施《ほどこ》しがなければ旅はできなかったのであります。

全く知らない人に、親切を尽くしたり、物を施すということは、まことにゆかしいことでありますし、旅人を見て、その旅人の中に人の子の姿を眺める気持ちがなければ、施しはできないのであります。

〈施しの心〉もしくは〈捧げる心〉のないところに〈物貰《ものもら》いの道〉（乞食《こつじき》道《どう》）は生まれてまいりません。また、考え方によっては、この乞食道は大和民族に一貫して現われている大切な心の動きの一つであります。

仏教に乞食道が採り入れられたのも、この《やまとごころ》があったからでしょうし、弘法《こうぼう》大師や伝教《でんきょう》大師の旅行に関する伝説は、実によく《すくなさま》の教えに似ております。

自らを弘法大師であるとも、伝教大師であるとも名乗らずに、道を拓《ひら》いたり、田畑を拓いたり、溜池《ためいけ》を造ったり、身体の病気や心の病気を治したりして歩き回られたのであって、ただ単に、仏の道を説いて回られたのではありません。

あるいは、修験道《しゅげんどう》が生まれ出たり、武者修行の道が開かれたのも、その源《みなもと》は《すくなさま》の信仰にあるのであります。

自ら働かずして食うことは、正常の道ではありませんが、自ら働いて作ったものの一部を、修行中の者に捧げる気持ちは尊いものであります。社会良心の修行者、保持者としての世捨人に、己の生産した物の余りを捧げる気持ちは尊いものですし、また、広々とした《もののあわれ》の心から、門に立つ者に物を施す気持ちも尊いものであります。

姿を隠して諸国を歩いた北条時頼《ときより》の故事を元にして作られた謡曲《ようきょく》『鉢《はち》

の木』が喜ばれたり、水戸光圀《みとみつくに》の諸国旅行記が喜ばれたりするのも《すくなさま》の信仰と相通ずるものがあると思います。

□ むすび

終わりに一言申し上げます。

この『古事記』のなかの《すくなさま》の段落は〈自ら小さくなって、小さいものの仲間になって、分け隔てなく仕える気持ちになることが大切だ〉ということに、趣旨は尽きていると思うのでありますが、ついいろいろと理屈をこねまわしてしまいました。

第七章　おまつり

原　文

於是大国主神、愁而告、吾獨何能得作此國。孰神與吾能相作此國耶。是時有光海依来之神。其神言、能治我前者、吾能共與相作成。若不然者、國難成。爾大国主神曰、然者治奉之状奈何。答言吾者、伊都岐奉于倭之青垣東山上。此者坐御諸山上神也。

書き下し文

ここに大国主神、愁《うれ》ひて告《の》りたまひしく、「吾獨《あれひとり》して何《いか》にかよくこの國を得《え》作らむ。孰《いず》れの神と吾《あれ》と、能《よ》くこの國を相作らむや」とのりたまひき。この時に海を光《てら》して依《よ》り来る神ありき。この神の言《の》りたまひしく、「よく我が前を治めば、吾《あれ》能く共與《とも》に相作り成さむ。若《も》し然らずば、國成り難《がた》けむ」とのりたまひき。ここに大国主神曰《まを》ししく、然《しか》らば治め奉る状《さま》は奈何《いか》にぞ」とまおしたまへば「吾《あれ》をば倭《やまと》の青垣の東の山の上《へ》に拝《いつ》き奉《まつ》れ」と答え言《の》りたまひき。こは御諸山《みもろやま》の上《へ》に坐《ま》す神なり。

参考『日本書紀』

原文

自後、國中所未成者、大己貴神、獨能巡造。遂至出雲國、乃興言曰、夫葦原中國、本自荒芒。至及磐石草木、咸能強暴。然吾已摧伏、莫不和順。遂因言、今理此國、唯吾一身而已。其可與吾共理天下者、蓋有之乎。

宇時、神光照海、忽然有浮来者。曰、如吾不在者、汝何能平此國乎。由吾在故、汝得建其大造之績矣。是時、大己貴神問曰、然則汝是誰耶。對曰、吾是汝之幸魂奇魂也。大己貴神曰、唯然。廼知汝是吾之幸魂奇魂、今欲何處住耶。對曰、吾欲住於日本國之三諸山。故即營宮彼處、使就而居。此大三輪之神也。

書き下し文

自後《これよりのち》、國の中に未《いま》だ成らざる所をば、大己貴神《おおなむぢのかみ》、独《ひとり》能《よ》く巡《めぐ》り造《つく》る。遂《つい》に出雲國《いずものくに》に到《いた》りて、乃《すなわ》ち興言《ことあげ》して曰《のたま》はく、「夫《そ》れ葦原中國《あしはらのなかつくに》は、本《もと》より荒芒《あら》びたり。磐石草木《いはくさき》に至及《いた》るまでに、咸《ことごとく》に能《よ》く強暴《あしか》る。然《しか》れども吾己《あれすで》に摧《くだ》き伏《ふ》せて、和順《まつろ》はずといふこと莫《な》し」とのたまふ。遂《つい》に因《よ》りて言《のたま》はく、「今此《いまこ》の國を理《をさ》むるは、唯《ただ》し吾一《われひとり》身のみなり。其《そ》れ吾《われ》と共に天下《あめのした》を理《をさ》むべき者《もの》、蓋《けだ》し有《あ》りや」とのたまふ。

時に、神《あや》しき光海《ひかりうな》を照《てら》して、忽然《たちまち》に浮《うか》び来る者《もの》有り。曰《い》はく、「如《も》し吾在《あ》らずば、汝何《いましいかに》ぞ能く此の國を平《む》けましや。吾《わ》が在《あ》るに由《よ》りての故《ゆえ》に、汝其の大《おほ》きに造《つく》る績《いたはり》を建《た》つこと得《え》たり」といふ。是《こ》の時に、大己貴神問ひて曰《のたま》はく、「然らば汝は是誰《これたれ》ぞ」とのたまふ。対《こた》へて曰《い》はく、「吾《われ》は是汝《これいまし》が幸魂《さきみたま》奇魂《くしみたま》なり」といふ。大己貴神の曰《のたま》はく、「唯然《しか》なり。迺《すなは》ち知《し》りぬ、汝《いまし》は是《これ》吾《わ》が幸魂奇魂なり。今何処《いずこ》にか住《す》まむと欲《おも》ふ」とのたまふ。対へて曰く、「吾は日本國《やまとのくに》の三諸山《みもろやま》に住まむと欲ふ」といふ。故《かれ》、即《すなわ》ち宮《みや》を彼処《かしこ》に営《つく》りて、就《ゆ》きて居《ま》しまさしむ。此《これ》、大三輪《おほみわ》の神なり。

まえがき

《おまつり》は〈いつきまつる〉ことで、漢文字では〈伊都岐奉る〉、〈齋奉る〉と書きますが、神さまをお祭りして、お仕えすることであります。現代風に申しますならば、神社を造営して参拝することが、この《おまつり》で、この頃、世間一般で
「今日は何々神社のお祭りだから、お参りに行きましょう」
と言うときに使う、軽い意味でのお祭りではありません。人間の行いの中で、最も基本になる行いとしての《おまつり》が、ここの題目とした《おまつり》であります。
今回のところは『岩波文庫』第三十二頁の十行目から同頁の十四行目までで、『古事記』の本文として出ているのはわずかに数行ですが、非常に

大切なところであり、味わい深いところであります。

これをお読み下さる方は、どうぞ『古事記』の本文と『日本書紀』の本文とを、御魂鎮《みたましず》めをしながら繰り返しお読みになって、ご自分で
「おお、そうであったか」

と、手の舞い足の踏むところを知らぬくらいの喜びを味わうことができるまでに、よく読みこなしていただきたいのであります。

私が書く内容は、皆さま自身がその境地を得られるため、ご参考にしていただくものに過ぎないのであります。

本　文

□国造りの頓挫《とんざ》

大国主命は《すくなさま》と民間で申し上げている少名毘古那神《すくなびこなのかみ》のお供になって、その神の教え導くところに従い、国を造り固めておいでになりました。それは、たいへん良い具合に進んでまいりまして、みんなの顔や国土、草木から、生気と光が出てまいりました。

ところが、その有難い存在だった《すくなさま》が、急に見えなくなってしまったのであります。

大国主命は、たいへんお困りになりましたが、止むを得ませんから、独りであちこちをお歩きになって、すぐ側に《すくなさま》がおいでになるようなつもりで

「《すくなさま》がおいでになれば、こうなさるだろう」

という具合にやってみましたが、どうしてもうまくいきません。

それどころか、仕事がうまくいかない結果が、すぐに現われまして、国の中のみんなが、何かしら不満足そうな顔付きになってきました。また、お側に居る人たちも、やっぱり、何か物足りない様子になってきたのであります。

こうして、みんなの顔から、生き生きとした光のなくなった様子を見まして、大国主命はすっかり悲しくなってしまわれました。

《すくなさま》のお陰で、国の造り固めがどんどん進んで〈もう仕上げも間もない〉と思っておったのに、こういうことになったのですから、大国主命ががっかりなさるのも、まことにもっともだと思います。

しかし、がっかりしたり、悲観ばかりしていることはできませんから、大国主命は何とかして、この苦境を切り開いていこうと決心されたのであります。

□泣き憂い

こうして、大国主命はいろいろ考えてみたり、御魂鎮めをしたりして、工夫に工夫を重ねられました。これが大国主命の泣き憂《うれ》いであります。大国主命は《すくなさま》が常世国《とこよのくに》に去って行かれた理由をいろいろ考えてみましたが、お分かりになりませんでした。お側の人たちにもお訊《たず》ねになってみましたが、やっぱり、分かりませんでした。

何とかして《すくなさま》を呼び戻す方法はないものかと、いろいろ工夫してごらんになりましたが、どうにもなりません。

だんだん時期がたつうちに、国造りの仕事は自ずから順調に進むかと、心もとない頼りごとをしてみましても、どうにもなりませんでした。

お側の人たちや国の中の人たちの顔から、生気と光が出ないものかと、ときおり見回ってごらんになりましたが、やっぱりダメでした。

よく注意してみると、みんなの顔は《すくなさま》が現われなかった前のときに比べれば、確かに生気がありますし、光もあるのですが《すくなさま》と心を合わせて国造りをしておいでになったときには、日々にみんなの顔に現われておった生気と光は、いや増しに増しておりましたし、家畜や田畑の作物までがそのとおりでした。

ところが《すくなさま》が常世国に去って行かれて、大国主命がお一人で国造りの仕事をなさるようになってから、その生気と光が少しも輝きを増さなくなって、そのために、至るところに物足りなさが充満してまいりました。

このような有り様をご覧になった大国主命は、ひたすらに泣き憂いの心に沈まれました。お側についておられたお子さまの事代主神《ことしろぬしのかみ》や建御名方神《たてみなかたのかみ》をはじめとして、大勢のお子さまや奥さまの須勢理比賣《すせりひめ》たちは、大国主命の泣き憂いの様子をご覧になって、はじめはそれほどにもお思いにならなかったのですが、だんだん真剣にお成りになって、大国主命とご一緒にお苦しみになったことは申し上げるまでもありません。

□御魂鎮め

あるとき、大国主命は景色の良い海岸においでになりました。そして、青い松や白い砂をご覧になり、紺碧《こんぺき》の海をお眺めになって、清々《すがすが》しいお気持ちに浸っておいでになりました。

そして、海辺の方を向いて、堤《つつみ》の草原の上に腰を下ろされて、静かにお休みになっておられました。こうして、しばらくの間は、晴々《はればれ》としたお気持ちでおいでになりました。

ところが、ふとお心の奥にあるご心配ごとが思い浮かんで、それからまた、再び国造りのための泣き憂いの気持ちの中に入ってしまわれたのであります。そこで、大国主命は真剣に、御魂鎮めをいつまでもいつまでも続けられましたが、そのうちに、大国主命はときおり、次のようなことをお思いになりました。

「自分は《すくなさま》がおられたときよりも、なお熱心にやってみるのだが、やっぱり、みんなの顔は晴々しない。これは自分に《すくなさま》が持たれている力で、何か欠けたものがあるからに違いない。そのために、自分のする仕事は、どこか見当外れのところがあるのだ。

自分は《すくなさま》を神産巣日神《かみむすびのかみ》から授かったのであったが《すくなさま》を授かったことばかりを喜んで、ただひたすら《すくなさま》の教えと導きとを、言い付けどおりに、機械的に守ってきただけではなかったか。

初めはそれで良かったにしても、やっぱり、だんだんと《すくなさま》の徳そのものを、自分も備えるような修行をしなかったのがいけなかったのではなかろうか。

もし自分が《すくなさま》の持っている光と徳とを身につけておいたならば、たとい《すくなさま》がおられなくなっても、こんなに困ることになって、みんなに迷惑をかけるようなことがなくてすんだのではあるまいか。

自分は何という呑気《のんき》な愚か者であったことであろう。いま一度、お出会いしたいのは《すくなさま》である。いま一度、おいでを願って、こんどこそは違う気持ちで《すくなさま》にお仕えして、その光と徳とを自分のものにしたいものである」

大国主命が、どんなにお思いになっても、常世国に行かれた《すくなさま》は戻っておいでにはなりませんでした。

□みなぎる力

大国主命の泣き憂いは続けられます。

ある時、大国主命は御魂鎮めをなさっているうちに、次のようなことをお思いになりました。

「自分は《すくなさま》に、ひたすらにすがって、仕事をして、国造りを進めてきたのであったが、いったい《すくなさま》の本体は何であったのだろうか。

一見、有るか無きかの形をしておられたが、神産巣日神のお子さまであった。神産巣日神は、自分が難局にぶつかった場合には、いつもお助け下さる神さまであった。いったい、神産巣日神というのは、どういう神さまであろうか」

こうして、大国主命は、神産巣日神のことを、御魂鎮めをして、お考えになったのであります。そうすると、次のようなことが明らかになったのであります。

「おお、自分は須佐能男命《すさのおのみこと》の子孫であった。その須佐能男命は天照大御神《あまてらすおおみかみ》の弟神であった」

この事実にお気付きになった大国主命は、非常に力強くお思いになり、お身体の中から力のあふれるのをお感じになりました。

そこで、さらに一段と深く御魂鎮めをしておいでになりましたところ、次のようなことが思い浮かんできたのであります。

「自分は《すくなさま》のように、神産巣日神の直接のお子さまではないにしても、その末であり、子孫であったのである。それならば、自分も何とかしたならば《すくなさま》と同じ力が出てくるはずである。ぜひとも《すくなさま》と同じ力を得なければならぬ」

このことにお気付きになった大国主命のお顔は、希望に輝き、お身体は確信の力に満ち満ちてまいりました。

そこで、いっそう熱心に御魂鎮めを続けておいでになりますと、ふと、次のような考えが出てまいりました。

「自分にも《すくなさま》と同じ力が出るはずであった。そのことを、神さまにお祈りしてお願いしよう。その場合、どんな神さまにお願いして、どんな神さまの力を借りて、国造りの仕事を仕上げることになるのであろうか」

このように、お考えになると、大国主命の心は嬉しさに満ち、身体は水晶のようになって、光り輝くようなお気持ちになられました。大国主命はいったいどうしたことであろうかと、静かに目をお開きになって、周囲をご覧になりました。

□《おひかり》の神さま

すると、海の上を一面に光《てら》し輝やかせて、こちらに近付いてくる《おひかり》の神さまが見えたのであります。

大国主命はすぐに、この《おひかり》の神さまが、自分のいまの願いに関係のあることにお気付きになったので、謹《つつし》んでその《おひかり》の神さまが近付いて来られるのを待っておいでになりました。

やがて《おひかり》の神さまは、大国主命の前においでになって、次のように仰せになったのであります。

「大国主命さま、あなたの国造りについてのご心配はよくわかります。さきほどから、熱心に御魂鎮めをしておいでになったお気持ちもよくわかります。そこで、私はあなたに国造りの仕上げをさせてあげようと思って、こうして、ここにやってまいりました」

このお言葉をお聞きになった大国主命は、たいそうお喜びになって、じっと、その《おひかり》の神さまがおっしゃることに耳を傾けながら、自分もその《おひかり》の神さまの光に包まれて、晴々としたすがすがしい気持ちでおいでになりました。

　すると《おひかり》の神さまは、次のように語り続けられました。

「私はあなたの国造りに協力しようと思うのですが、よく聞いて下さい。私はあなたに国造りの仕事について〈ああしなさい、こうしなさい〉と指図をしてあげることはできませんし、その必要もないと思います。

　しかし、あなたが国造りを仕上げるためには、私をお祀《まつ》りになって、朝な夕なお参りして、拝んでいただかなければなりません。そうしていただけば、あなたの国造りの仕事は必ず完成されます。

　もしも〈そんなことはいやだ〉と仰せになって、私の言うことをお用いにならなければ、あなたの国造りの仕事は、決して完成される時はありません」

□幸御魂《さきみたま》・奇御魂《くしみたま》

大国主命は、この《おひかり》の神さまが仰せになったことをお聞きになって〈ああ、有難いことだ〉とお思いになりましたが、《おひかり》の神さまが何の神さまかおわかりにならなかったので、次のようにお訊ねになりました。

「まことに有難うございます。国造りの仕上げは一大事ですから、仰せに従いまして、どういうことでもいたそうと存じます。

しかし、失礼だと思いますけれども、念のためにお訊ねいたしますが、あなたは〈神々《こうごう》しいお光だ〉ということはわかりますが、お姿が確かにはわかりません。その《おひかり》のあなた様は、いったいどういう神さまであられますか、お教えねがいたいのであります」

そうすると、その《おひかり》は、一段と光り輝いて

「はい、申し上げましょう。よく聞いて下さい。実は、私はあなたご自身の幸御魂（さきみたま）奇御魂（くしみたま）であります」

このお答えを得られた大国主命は、ご自身の身体が光に包まれていることをお感じになって、手の舞い足の踏むところを知らぬ嬉しさに満たされました。そして、次のように仰せになりました。

「おお、本当にその通りでありました。よくぞお教え下さいました。《おひかり》の神のあなた様は、本当に私の〈幸御魂・奇御魂〉でありました。私自身の中に、ご先祖さまからいただいた、こういう大切な役に立つ魂があったことを、よくぞ教えて下さいました。有難うございます」

このように仰せになって、大国主命は嬉しさの極みに達せられたのでありました。

ここで、大国主命は、はっきりと、ご自分の中に《すくなさま》の魂にも劣らない尊い魂のあることをお悟りになったのであります。こんどこそは外部から付けたものではなく、ご自分の中にも力と光があることをお悟りになったのですから、どんなにかお喜びになったことかと思われるのでありります。

□ 大和の御諸山《みもろやま》

そして、ご自分の中にもありながら、長い間ずっとそれがわからなかったのですから、神さまがそれをお教えになるために、わざわざ外に取り出して、示して下さったのだとお思いになりました。

さらに〈いつも忘れないように外に取り出して、お参りしなさい〉ということも、まことにもっともだとお思いになりました。

そこで、大国主命は、その《おひかり》の神さまに向かって、お訊ねになりました。

「お言葉はよくわかりました。あなた様をお祀《まつ》りして、朝な夕なに拝んで国造りの仕事を仕上げたいと存じますが、どのようにしてお祀りすればよろしいか、お訊ねいたします」

これに対して《おひかり》の神さまはお答えになりました。

「よいことをお訊ねくださいました。あなたのお家の近くにお祀りなさって、ご自分だけで誰にも分からないように参拝なさることも大切ですが、それだけではいけないと思います。

国造りの大事業を仕上げるための大切な仕事ですから、広く世間一般に分かるようなところにお祀りになって、あなたの参拝が広く天の下の人々に知られるようになさらなければいけないと思います。

そこで、私を出雲《いずも》の国ではなく、青い山々が垣根のようになって巡っている、大和の国の御諸山《みもろやま》にお祀りして下さい。

そして、あなたは平生《へいぜい》、ご自分のおいでになる所々で、朝な夕なに御諸山を拝みになるとともに、お仕事に支障のないかぎり、しばしば、大和の御諸山までご参拝にならなければいけません。

私の言うとおりに実行なさいましたならば、必ずあなたご自身に〈どんなに信仰というものが大切であるか〉ということがお分かりになりましょう。そして、あなたご自身の信仰が磨かれるにしたがって、国造りの仕事も仕上がっていくことになりましょう」

大国主命は、ご自分の〈幸御魂・奇御魂〉であるところの《おひかり》の神さまの教えを有難くお思いになり、その仰せに従って、真面目にすべてをご実行になりました。こうして、大国主命は、お祀りをしては国造りの仕事をなさり、仕事をなさってはお祀りをなさいました。

□ 神社への参拝

神社を造って、お参りになる大国主命の様子を眺めて、まず、お側の人々が不思議に思いました。〈おかしなことをなさっている〉というので、〈気でも変になった〉と思ったことでしょう。国中の人々も〈不思議なことをなさる〉と思ったのであります。

しかしながら、こうして大国主命が神社をお作りになって、お参りを始められてから、大国主命の国造りの仕事は、どんどんはかどってまいりました。

というのは、お参りを始められてから後に、大国主命がお出しになる命令は、すべて的《まと》を射たものばかりで、見当外れしたものはありませんでした。命令を受けた人も、いつも適当な人ばかりでしたし、仕事そのものにもムダがありませんでした。

こうして、お子さまの事代主命《ことしろぬしのみこと》、建御名方神《たてみなかたのかみ》をはじめ、大国主命に触れる限りの人々も、ことごとく気持ち良く大国主命の国造りの仕事にご協力できるようになりました。

大国主命のお側にいる人々はもちろんのこと、遠い片田舎でお百姓をしている人々も、山で樵夫《きこり》をしている人々も、海で漁労《りょう》をしている人々も、みんな満足して、自分の仕事と生活を楽しむようになりました。みんなの顔に生気と光が現われてきたことは申すまでもありません。

そしてまた、初めは不思議の目で、大国主命の神信心《かみしんじん》の様子を眺めておった人々も、だんだん大国主命の真似を始めるようになりました。大国主命のお供をして、一緒に御諸山に参拝する人たちが、年々多くなってきました。

あるいは、自分たちめいめいで参拝をするようになりました。さらには、神社があちこちに建てられるようになって、これがだんだんと国中に広がっていきました。

こうして、大国主命の国造りの仕事は、見事に捗《はかど》りまして、だんだん仕上げに近付いてきました。それとともに、人々の心の中に、神さまの姿がはっきりと描き出されるようになったのであります。

大国主命ご自身は、お祀りのことについては、何もご説明になりませんでしたが、人々は《おまつり》の意味をだんだん知っていったのでありま す。人々の中にあった信仰を求める心に、初めて道を与えられたのですか ら、みんなの顔と生活が光るのは当然でありましょう。

こうして、さらに次の段階が開けることになるのであります。

あとがき

本文として書き下したところを、お読みいただけば充分お分かりのことと思いますが、もう一度、深く味わっていただくために、気のついたことを申し上げ、ご参考にしていただきましょう。

□合理主義から慈愛主義へ

大国主命がお示しになった人間完成への順序という点から申しますと、前章の《すくなさま》のところが、合理主義・権力主義から神秘主義・慈愛主義に入ろうとしているのに対して、本章の《おまつり》は、完全に神秘主義・慈愛主義に入っております。

物我一体・自他一体の〈さび〉の境涯に、完全に浸りきっていることを示しております。神秘主義・慈愛主義の世界に分け入って、完全にこれを体得して、合理主義・権力主義をも自由に使いこなす境涯に入ってきたのであります。

言い替えれば、物我一体・自他一体の境地に入って、さらにその上に立って、物我の区別も、自他の区別も、正しく使いこなし得る境地に入ったことを示しておるのであります。

したがって《ふくろしよいのこころ》の実現の仕方としては、最も深い境地に近いものと言ってもよいのでありまして、それを示すため、次にいままでの各段階との関係を簡単に申し上げます。

＊

①、八上比賣《やかみひめ》を嫁取り（婚《よば》い）の目的で、八十神《やそがみ》たちと旅行にお出かけになるとき、大国主命は、ご自分が袋を背負って、従者になって行かれた結果、ご自分の行動の正しいことを明らかにして、八上比賣の心をおつか

みになり、八十神たちを失望させました。

この程度の心掛けもなくてはなりませんが、やっぱり、自分が八上比賣の心を得るとともに、八十神たちにもまた、八上比賣と同等の比賣を得させなければ本当ではありません。

それが、この《おまつり》の段階では、ことごとくの人々に、女には八上比賣となりうることを教え、男には八上比賣を得ることをお教えになっているのであります。

＊

②、手間山の麓で、大国主命は赤猪《あかい》をお抱きになって焼かれ、お隠《かく》れになった結果、ご自分だけが〈うるわしき男〉となって生まれ変わってこられたのですが、この《おまつり》のところでは、ことごとくの人々に〈うるわしき男〉となる心掛けと喜びをお教えになっておるのであります。

＊

③、《へみはらい》や《しらみとり》と段階では、技（わざ）の尊さを教えておりますが、この《おまつり》の段階では、さらに奥深く分け入って、その技を生みい出し、かつ、使いこなす力そのものの存在と、尊さをお教えになっているのであります。

＊

④、《うきゆい》のところでは、大国主命ご自身が苦しみながら、泣きながら、結婚生活の正しい道を実行なさったのですが、この《おまつり》のところでは、人々がしっかりとした《うきゆい》の道を歩くことのできる方法として、信仰の道、つまり《おまつり》を教え、行なわせておられるのであります。

＊

⑤、《すくなさま》のところでは、人々に《すくなさま》の有難さと尊さを教えているのですが《おまつり》のところでは、さらに一歩進めて

悉《ことごと》くの人に対して《すくなさま》たるべき道を教え、自己のうちに《すくなさま》と同じ性質を持っていることを教え、そして、実行させておるのであります。

□ 共々に進む

自ら袋を背負うことが大事なことは言うまでもありませんし、他人と共に喜び勇んで袋を背負うところまでいかなければなりませんが、他人に強制して背負わせた袋は《ふくろしよいのこころ》にはなりません。

したがって、何でも自分から始めなければなりませんが、自分だけでなく、他人にも本当の《ふくろしよいのこころ》を味わってもらい《あかいだき》の尊さを教え〈うるわしき男〉として出て歩くことの楽しさを教え《へみはらい》《しらみとり》《うきゆい》《すくなさま》の道を味わってもらって、共々に道に進むことの楽しさを味わうのが、《おまつり》なのであります。

そして、これが《おまつり》の段落の、いままでのところに対する役目なのであります。したがって、この《おまつり》のところは、他の章と切り離しては、味わいの浅い、ゆかしさのないものになります。

□ 親と子の《おひかり》

次に《おひかり》について、お話いたします。

『古事記』には
「是《こ》の時に、海を光《てら》して、依《よ》り来る神あり」

と書いてあって、これが《おひかり》の神さまであります。

まず、この中にある〈海を光《てら》す〉の〝光す〟というところだけについてお話しいたします。
①、世の中の人の子の親が、自分の子のなかに見るものは、この《おひ

かり》ではないでしょうか。《おひかり》とでも言うより他に、説明の仕様のないものではないでしょうか。

子の中には、さまざまなものがあるはずですが、親が子の中に見るものは、この《おひかり》で、これが親心であると思います。

子の持つさまざまな条件がどう変わっても、子の中に《おひかり》を見るところの親の愛には、決して変化はなくて、それどころか、かえって子の中にあるところの物と心の条件が悪くなればなるほど、親の愛はその張り（緊張度）が強まっていくのであります。これは、親にとって子は一つの《おひかり》だからであります。

子の中にこのような《おひかり》を見るところの親の愛も、また《おひかり》であって、そう言うより他に説明のしようがありません。

子の側から申しますと、親の中にあるこの《おひかり》をはっきり認めて、この《おひかり》と自分の中にある《おひかり》を照らし合わせることが、本当の孝行というものであると思います。

このように考えますと、子にとっても親は一つの《おひかり》ですし、父も母も《おひかり》であって〈父のみこと〉〈母のみこと〉という言葉は、よくこの気持ちを現わしていると思います。

□《おひかり》の実体

②、私どもが自分の生活について反省しますと、やっぱり、そこに《おひかり》とでも言うより他に言いようのないもののあることがわかると思います。
私どもの日常生活が、何ということなしに、安全に進んでいることは、不思議議と思わなければ不思議でありませんが、不思議と思えばまことに不思議なことであります。

自分の中にある種々雑多な要素を、何ということなしにきちんと引きまとめて、少しの危なげもなく統一しているところの力は、気をつけてみると《おひかり》とでも言うよりほかに、言いようがないのではないでしょうか。

この自分の中にあるところの《おひかり》は、また、複雑きわまる世の中と、まことに見事な調和をとって進んでいるのであります。この《おひかり》がなかったら、私どもの生活は、たちまち目茶苦茶《めちゃくちゃ》になると思うのであります。

もしも、私どもがこの《おひかり》の存在を閑却《かんきゃく》して、その時その時の自分の中にある感情や、理屈や工夫や、欲望などに動かされて行動（おこない）をいたしますならば、私どもの生活はたちまち破壊されてしまうのであります。

この《おひかり》の存在を、自分の中に発見して、この《おひかり》の導きを得るために、私どもはいろいろな心身の修行をしたり、御魂鎮めをしたりするのであります。

そして、この《おひかり》に導かれてする私どもの行ないが、実は〈神惟《かんなが》ら〉の行ないであると存じます。

そして、私どもがこのような《おひかり》を持っているというところから、人のことを〝ひと〟と言うのでして、つまり〝ひと〟とは〈日の光《て》るところ〉〈日の当たるところ〉という意味であります。

日は光《て》るものですから、人の本質は、やっぱり《おひかり》とでも言うより他に、説明のしようのないものであると思います。

悟ってみれば、私ども自身の実体は《おひかり》だったのでして、この実体に気付いた自己を《みこと》と言うのであります。それは〈実体としてのこと〉という意味であり〈おひかりとしてのこと〉という意味でもあります。

私どもの喜びは、私ども自身が本質的に、このような《おひかり》であるところにあります。私どものまことの喜びは、決して外界からくる地位や名声や金銭上にあるのではなくて、自己の中にある《おひかり》を楽しむところにあるのであります。

このことを教えるために《すくなさま》が、お現われになって、有るか無きかの姿を、お示しになったのであります。そして、最後には姿をお隠しになって、大国主命ご自身の中から《おひかり》の存在を明らかになさったのであります。

有るか無きかの《すくなさま》が、その実体は一つの《おひかり》だったのでして、《おひかり》であればこそ、ちょうど火が火を呼び出すように、大国主命の中から《おひかり》を導き出したのであります。

そして、この《おひかり》は、いったん輝き出すと、この《おひかり》に包まれたものは、地位も、名声も、金銭も、その他、人間界のありとあらゆるものを、ことごとくあるべき姿にして、尊い意味を持たせるのであります。

□照らし合い

③、他人との交渉も、また、外界との交渉も、その根底にあるのは一種の《おひかり》ではないでしょうか。

他人と出会ったときに、まず交わすお辞儀《じぎ》が、すでに《おひかり》を持つところの人と人との照らし合いでして、そうでないお辞儀は、本当のお辞儀ではありません。

人と人、《おひかり》と《おひかり》との照らし合いとしてのお付き合いは、まことに楽しく嬉しいものであって、そうでなくて、利害や打算、お義理の上のお付き合いは窮屈《きゅうくつ》なものであります。

その点、親子の間には、どんな親子にも、この《おひかり》と《おひかり》との照らし合いとしての姿が現われていると思います。夫婦の間にもだんだんそれが出てきます。

他人との間に、この《おひかり》と《おひかり》との照らし合いの段階が出てくれれば、これが本当の親友であって、親友同士は、ただお互いに思い出すだけで、暖かい光に包まれるものであります。

□ 芸術の根本

④、剣道の極意も、やっぱり、一種の《おひかり》であって、言語に絶するところ、技を絶するところに出てくるものは、《おひかり》とでも言うより他に言いようはなくて、《おひかり》に照らされた剣術を、剣道と言うのでありましょう。

それは、剣道だけではなくて、すべての〝道〟というものは、茶の湯でも、生花でも、和歌でも、俳句でも、その他、あらゆる芸術の根本は、一種の《おひかり》であると存じます。

大きな光、小さな光の違いはありましょうが、まず芸術品を創作する人の心の中に光があって、その光が、文字や、色や、音や、その他の形を借りて現われるものが芸術であります。

作者の持つ光が、人生の極意としての《おひかり》であれば、その作品は最高級のものとなります。

雪舟《せっしゅう》の絵を見て下さい。そこにあるものは立派な光であります。

芭蕉《ばしょう》の俳句を

古池や　蛙《かわず》とびこむ　水の音

で味わってみて下さい。そこに出ているものは、立派な《おひかり》でありま す。《おひかり》のないような芸術品は、あってもなくてもよいようなものであります。

芭蕉の心の中に《おひかり》がなければ、蛙が飛び込む音の中に《おひかり》を感じることはできません。この芭蕉の俳句を味わう人の中に《おひかり》がなければ、この俳句などは、全く無意味な作品になるのでありま す。

大国主命が、ヒキガエルや案山子《かかし》のなかから読み取った教えも、実は、この《おひかり》だったのであります。

あるいは《すくなさま》ご自身が、小さなものの中に《おひかり》を見い出しては、小さなものの幸福を、人知れずにおはかりになったところの《おひかり》でもありました。

大国主命は、その《おひかり》に導かれて、お仕事をなさっておりながら、その《おひかり》の存在に気が付かれなかったのでしたが《すくなさま》が見えなくなってから、浜辺で泣き憂いの御魂鎮めをなさって、はっきりとご自覚になったのであります。

大国主命ばかりでなく、現代のわれわれもことごとく、いろいろな形の《すくなさま》の《おひかり》に導かれておりながら、その《おひかり》の存在に気が付かないでいるのではないでしょうか。

　現代人のわれわれは、あまりにも形にとらわれて、形をして形たらしめているところの、根本の《おひかり》が見えないのではないでしょうか。親の《おひかり》、子の《おひかり》、夫の《おひかり》、妻の《おひかり》、人の《おひかり》、すべてのもの（万物）の持つ《おひかり》が見えない人が多いのではないでしょうか。

　このように考えますと、大国主命が
「海原を光《てら》して、依《よ》り来る神」

のあることを、お知りになったということは、なかなか簡単なことではないのであります。

　とくに、表面の価値にとらわれがちなわれわれは、大国主命のこの教えによって、大いに反省させられ、教え導かれるところが多くならなければなりません。

□やまとことば

さて、つぎに、この《おひかり》を現わそうとしたところの、昔ながらの言葉（やまとことば）についてお話いたします。

①、まごころ、まこと

この《おひかり》は、われわれの心の中で総指揮官の役目を果してくれますので、これを〈まごころ（真心）〉と申します。われわれの心は、内側と外界の刺激に応じて、いろいろに動きますが、これを整えなければ、たいへんな間違いが生じます。

その心を整える役をする《おひかり》も、やはり心であるというところから、心の中の一番確かな心として、これを〈まごころ〉と言うのであります。

そして、この〈まごころ〉というのは、動く心の中では、自らは動かずに他を正しく動かすところに着目して言っているのですが、この〈まごころ〉こそ、あらゆる事の中の基《もとい》になるものというところから、これをまた〈まこと（誠）〉と申します。

②、みたま、こころ、あかきこころ、きよきこころ

〈まこと〉であるところの〈まごころ〉を、形という考えと結びつけ、これを〈みたま（御魂）〉と言います。〈みたま〉の〝み〟は、漢字では御、実、身などの語で表わす意味を持っている言葉であります。

これを《やまとことば》で言うと、かみ（神）きみ（君）たみ（民）と言う場合の〝み〟であります。あるいは、みこと（命）みのる（実）おんみ（御身）などという場合の〝み〟であります。

また、たま（魂）とは、丸い形をしたもののことで、《おひかり》には形はないわけですが、あえて、どんな形になぞらえるかと言えば、どうし

ても円満完全な球形がふさわしいと思います。

そこで、これを〝たま〟と表現したのでしょうが〝球〟であればコロコロと転がりますから、コロコロ、すなわち〈こころ（心）〉となったのでありましょう。

その中の《おひかり》としての心が〈まごころ〉であり〈みたま〉なのであって、魂という意味の〈ひとだま（人魂）〉という言葉も、こうして出来てきたのではないでしょうか。

この〈まごころ〉は、他の心と矛盾したり、衝突したり、停滞したりするのを整えますから、これをまた〈あかきこころ（赤心）〉〈きよきこころ（清心）〉と言うのであります。

③、い

この《おひかり》は、別の視点から眺めますと、われわれの〈いのち（生命）〉の本源でありますから、これを、生命の一つ第一事実と見ることができます。

そして、これが大国主命をして、何回もお生かしになったところの、神産巣日神《かみむすびのかみ》のお子さまとしての《すくなさま（少彦毘古那神）》の実体であります。

この場合の《おひかり》を現わしている《やまとことば》は、〈みいつ（御稜威）〉、〈いのち（命）〉、〈いのり（祈）〉、〈いき（息）〉、〈いきる（生）〉、〈いわう（祝）〉、〈いつく（齋）〉などの言葉であって、これらの言葉を現わす〝い〟が《おひかり》であります。

④、ひ

さらに、《おひかり》という言葉そのものが、実は現わしがたきものを現わした言葉でありまして、《おひかり》の〝お〟は〈御〉であり〝ひ〟

は〈ひつぎのみこ（日継の御子）〉、〈ひじり（聖）〉、〈ひもろぎ（神籬）〉、〈むすび（産霊）〉、〈ひこ（比古、彦）〉、〈ひめ（比賣、姫）〉などに現われているところの〝ひ〟であります。

こう考えてきますと、日本という国は、完全な《おひかり》の国、あるいは、神ながらの国と言うより他に、言い現わしようがないと思います。

本居宣長《もとおりのりなが》が

しきしまの　やまとごころを　人とはば

朝日ににほう　山桜花

と謳《うた》われたのも、まことにもっともであると思います。

日本とは《おひかり》の国だということであり、日本精神とは《おひかり》の活動することだということもあって、いろいろと理屈を言って、この歌の意味を説明することは、大きな誤りであると思います。

自らの中に《おひかり》に対する認識、体認がなければ、この歌の意味はわかりません。したがって、このような和歌は、説明をしないで、繰り返し繰り返し味わいながら、遂に、この和歌に含まれている《おひかり》にふれて、自己の中にある《おひかり》と照らし合わせて、喜び味わうべきものであると思います。

⑤、さきみたま、くしみたま

次に〈さきみたま（幸御魂）〉と〈くしみたま（奇御魂）〉について申し上げます。

〈ひ（日）〉から出るところの《おひかり》としての〈みたま（御魂）〉を〈にぎみたま（和御魂）〉と申しまして、これは、すべてのものの源泉となるところの〈みたま〉ということであり、すべてのものににぎにぎしい意味を与える〈みたま〉ということであります。

この〈にぎみたま（和御魂）〉が分化して、いろいろな形や作用となって活動する場合これを〈さきみたま（幸御魂）〉と申します。

しかしながら、このようにいろいろな差別相を見せましても、その中には必ず一つの調和力、統一力が働いております。その統一力に着目して、〈にぎみたま〉の活動を眺めますと、これを〈くしみたま（奇御魂）〉と申します。

つまり、個物の中に存在する差別相が〈さきみたま（幸御魂）〉で、平等相が〈くしみたま（奇御魂）〉であり、平等即差別のこころが〈にぎみたま〉であって、いわば色即《しきそく》是《ぜ》空《くう》ですから《おひかり》とでも言うより他に、言いようがありません。

この〈にぎみたま（和御魂）〉は、われわれ個人と個物の中に存在するとともに、実は、世の中の至るところに満ち満ちて光っているところの存在であります。

大国主命はこの〈にぎみたま（和御魂）〉の存在にお気付きになり、手の舞い足の踏むところを知らぬ喜びに浸られたのであります。そして《すくなさま》の正体も分かり、《すくなさま》がいなくなった謎《なぞ》も、初めて晴々と解けたのであります。

□ ひもろぎ（神籬）

次に神社について申し上げます。

①、以上、《おひかり》について反省して、この《おひかり》が大切なものであることを考えました。それから、この《おひかり》を、いろいろな言葉で現わすことも申し上げました。また、そうであってみれば、いよいよこれを大事にしようということになります。

尊い〈みたま（御魂）〉の存在に気が付かないうちはそれまでのことですが、いったんその尊い存在に気が付いた限りは、じっとして放っておくことはできません。

ところが、この〈みたま〉は、自己にあるのと同じように、他にもあるところのものですから、自他ともどもに、これを取り出して、〈みたま〉のあることを反省し、〈みたま〉のあることを喜ぶのは当然のことでありましょう。

ましてや〈みたま〉の存在することを忘れがちな日常生活のことを考えれば、何とかして、朝に夕にこれを思い出し、味わい喜ぶ方法を考え出すのは、当然のことであります。

このようにして、〈みたま〉を安んじ奉《たてまつ》り置くところの〈みや（宮）〉を造ることになります。したがって〈みや〉は神をお祀りして、われわれがお参りするところであります。

さて、この〈みや〉のいちばん古い形としては、《おひかり》として、〈みたま〉を反省し、味わう場所として、社殿がないところの〈ひもろぎ（神籬）〉が造られたのであります。

この〈ひもろぎ〉というのは、神聖に保たれたところの森であって、われわれの祖先は、そこにお参りして、自己の《おひかり》を取り出して、森の《おひかり》と照らし合わせたのであります。

そして、自己の《おひかり》と、森の《おひかり》が、共に同じ〝ひ〟から出て来る〈ひかり〉であることを、頷《うなず》きあい、喜びあうのが〈おまつり〉であり〈おまいり〉であります。

大国主命が、自己の〈にぎみたま（和御魂）〉をお祀りになった三諸山《みもろやま》には、今日でも社殿はなくて、ただ山を神聖に保って、山そのものが社殿であり、御神体であって、拝殿だけが存在しております。

つまり、〈ひもろぎ（神籬）〉であって、この〈ひもろぎ〉の形を今日も保っておるのでして、まことに意味の深いものですが、それが後の世になって、だんだん〈みや〉に社殿が出来るようになったのであります。

これについて、私どもが反省すべきことは、まことの信仰というものは

《おひかり》であるということであります。

神社に参拝いたしましても、この《おひかり》にふれない参拝は、まことの参拝ではなくて、見物であったり、散歩であったりすると思うのであります。神社に参拝して、この《おひかり》にふれ得ないときは、つつしみかしこまなければなりません。

あるいは〈みたま〉は言葉ではありませんから、本居宣長は大和魂の説明に、わざわざ

「朝日ににほふ山桜花」

と、謎のようなことを言われたのであります。

また、西行《さいぎょう》法師の

　何ごとの　おはしますかは　しらねども
　　かたじけなさに　なみだこぼるゝ

という和歌も、信仰が《おひかり》であることを示しておると思うので

あります。

事実、《おひかり》を離れた信仰は、正しい信仰ではなくて、迷信であります。自己の〈にぎみたま〉を離れて、神社に参拝したり信仰を説くことは偽りであります。

ましてや、いたずらに神社の建物の大きさと、見る目の美しさを競うがごときは、末の末であります。

②、以上に申し上げたような《おまつり》は、個人生活の中心であり、また家庭生活の中心であります。

祖先の〈みたま〉に合一し、祖先の〈みたま〉の延長として、家族のみんなが一つ生命に栄えていくところが家ですから、〈おまいり〉のない家は完全な家ではありません。

この《おまつり》を、大国主命は自ら実行して、お教えになったのですから、これで、国造りの仕事に〈たましい〉が入ることになって、国中の人々の顔から、本当の光が出ることになったのであります。

この《おまつり》を知って、初めて、個人も家も一人前になるのですから、それを教えられて、喜ばぬ者はありません。〈まごころ〉は必ず〈まごころ〉を呼び出すものなのであります。

③、次にまた《おまつり》を中心にして、初めて本当の村が出来、町が出来、市が出来たのであります。

村というのは《おまつり》の場所である〈みや（宮）〉を中心にして、人々の家が群がったところのことであります。

町は〈まち〉という言葉そのものが《おまつり》のことであって、茨城県や千葉県では《おまつり》のことを、いまでも〈まち〉と言う場合があるようです。

市は〈いち〉でありまして、《おまつり》に集まる人々を目当てに、市場のようなものが出来たのが基であります。たとえば、東京の銀座という場所の〝座〟というのは〈神さまの鎮《しず》まりますところ〉という意味であります。

こういうわけですから、大国主命の国造りが、信仰の確立をもって、初めて基礎が立つことになるのは当然のことであって、現代人は果たして、このような村や町や市の根本原理を、よりよく実現しているのでありましょうか。

④、次に、大国主命が自己の〈にぎみたま（和御魂）〉を発見して、これをお祀りしたことは、やがて、信仰の本源であられる天照大御神《あまてらすおおみかみ》の〈おひかり〉をいただくべきことの機縁が開かれたことを示すことになるのであります。

こうして、さらに天孫降臨《てんそんこうりん》の次の段階が開けてまいります。つまり、大国主命の国造りは、いろいろの段階を示しながら、ついには、信仰国・日本の姿、神の国・日本の姿を、はっきり現わすためのお仕事であり、有難いお教えであると考えてよろしいと思うのであります。

改編に際して

平成十年から手掛けた阿部國治《くにはる》先生の著書で、大国主命を主人公とした『ふくろしよゐのこころ』の編纂《へんさん》作業は、《新釈古事記伝》と題し、第一集『袋背負いの心』、第二集『盞結〈うきゆい〉』、第三集『少彦名〈すくなさま〉』の三部作でひとまず完結し、次の第四集以降は、建速須佐之男命《たけはやすさのおのみこと》を主人公とした《なきいさち》《まゐのぼり》など、新しい段落に入ります。

そこで、今回までの編纂作業の総まとめの意味で、第一集から第三集までの数々の教えについて、その内容を要約し、ここに掲げておきたいと思います。

*

まず最初に、書きとどめておきたいことは
「『古事記』の神代の段落は、日本民族の魂の世界の物語である」
ということであります。
『古事記』が〈現存する日本最古の歴史書〉というのは通説ですけれども、少なくとも冒頭の神代の段落は、原始社会における日本民族の神話、魂の世界の物語であって、これを歴史書という概念で考察するのは間違いだということであります。
あるいは、『古事記』の成立について
「天武《てんむ》天皇（六七三～六八六年）の勅《ちょく》によって、語り部の稗田阿礼《ひえだのあれ》が誦習《しょうしゅう》した《帝紀《ていき》》および先代の《旧辞《きゅうじ》》を、元明《げんめい》天皇（七〇七～七一五年）の勅によって、太安万侶《おおのやすまろ》が撰録《せんろく》した」
と言われていますが、その拠りどころとなった《帝紀》及び《旧辞》についは

「《帝紀》は大王家の系図であり、《旧辞》は古くからの語り伝えを取りまとめたもの」

という程度の文献しか見られません。

＊

それはともかく、私は『古事記』の神代の段落をひもとくとき、遥《はる》か古代の日本列島、そこに住まいしてきた太古の人々に、篤《あつ》い想いを馳《は》せるのが常であります。

それは、考古学に現われる数万年前の域を越えませんが

「人々の意志疎通の手段（コミュニケーション）は何だったのだろうか。文字はなかったにしても、どんな言葉（文化）があったのだろうか」

等々、果てしない空想の世界に誘われるのであります。

その中で確かなことは、彼ら太古の人々が、気が遠くなるようなゆったりとした時間の流れの中、歴史的事実の積み重ねの中で、数々の叡智《えいち》の集

積を行なってきたであろうということであります。

それは朦朧《もうろう》とした思索《しさく》の範疇《はんちゅう》であるにしても、敢《あ》えて推測が許されるならば、そうした太古の人たちの叡智の集積が『古事記』の神代の段落の下敷きになったに違いないということであります。

＊

それは、応神《おうじん》天皇（記紀《きき》伝承で第十五代の天皇。誕生については伝説的な色彩が濃い）の御代《みよ》に来朝した漢の高祖の裔《えい》と言われる王仁《わに》が『千字文』一巻、『論語』十巻をもたらしたことによって蓄積された文化が、一気に花開いた成果として『古事記』の編纂があったであろうことは、容易に推測できるのであります。

＊

私は本稿の冒頭で

「『古事記』の神代の段落は、日本民族の魂の世界の物語である」

と申し上げましたが、この魂の世界の物語（神話）を理解する方法として、恩師の阿部國治先生は、その講義において、次図を提示されるのが常でありました。

魂の世界の有り様

まず、魂の世界（精神世界）を大宇宙にたとえ、その中に高天原《たかまのはら》（真理の世界で、ここを治めるのは天照大御神《あまてらすおおみかみ》）、現し国《うつしくに》（理屈の世界で、ここを治めるのは須佐能男命）、根の国（沈黙の世界で、ここを治めるのは月読命《つくよみのみこと》）が存在したというわけであります。

かつて、阿部國治先生は

「魂の世界に生死はありません」

と講義され、東大法学部教授の筧克彦《かけいかつひこ》博士は

「高天原は、全世界を通じて、ただ一つあるのみにて、目に見えぬ普遍的《ふへんてき》な世界であります」

と講義されていますが、それは、この思考法に拠《よ》っていると見て間違いないと思われます。

＊

さて、『ふくろしおゐのこころ』の主人公である大国主命は、須佐能男

命の裔《えい》、天之冬衣神《あめのふゆきぬのかみ》を父神、刺国若比賣《さしくにわかひめ》を母神として生まれ、兄弟として八十神《やそがみ》たちがありました。

やがて、成人して、稲羽《いなば》の国の八上比賣《やかみひめ》という日本一の比賣神を伴侶《はんりょ》として得るために、八十神たちと〈婚《よば》い〉を行なって、結果的に、大国主命が比賣の心を得て、夫婦として結ばれることになりますが、『古事記』の原典には、この〈婚い〉における大国主命の行ないについて

「於大穴牟遅神負袋為従者率往《おおなむぢのかみふくろをせおいていきき》」

と表記してあります。

大穴牟遅神《おおなむぢのかみ》というのは大国主命の幼名で、これを意訳いたしますと

「稲羽の国へ婚いをしたとき、大国主命は旅道具の数々を大きな袋に入れて、独りで背負い、八十神たちの従者となって行った」

ということになるでしょうか。

このように、八十神たちが主人公、大国主命はその従者の形で婚いした

にもかかわらず、さすがは日本一の八上比賣、大国主命をその伴侶として選択したというわけであります。

同時進行の形で、稲羽の白兎《しろうさぎ》の挿話《そうわ》もありますが、言いかえると、そのときの大国主命の

「於大穴牟遅神負袋為従者率往」

の精神、それにのっとった行為こそが、私たちの祖先が、日本列島における古代からの営みを通じて、心に温めてきた人間の理想像、魂の世界の有り様であったということであります。

＊

あるいは、大国主命が日本一の八上比賣を娶《めと》ったことを嫉《ねた》んだ八十神が《あかいだき（赤猪抱《あかいだ》き）》という謀略《ぼうりゃく》で大国主命を亡き者にしたとき、母神の刺国若比賣は、蛮行《ばんこう》に及んだ八十神の罪を問うことはせずに、逆に被害者である大国主命に向かって

「殺されずにすむ修行をしなさい」

と命じて、更なる修行を積ませるために、根堅洲国《ねのかたすくに》の須佐能男命のところへ向かわせます。

それは、大国主命により完全な人格者としての厳しい修行を求めたのでして、ここに、現し国の常識でははかり知れない真理の世界の営み、神話の世界の真骨頂《しんこっちょう》が見え隠れするように思います。

＊

あるいは、須佐能男命が荒野に向けて射た鏑矢《かぶらや》を捜しているとき、周りの枯草が燃え上がり、火の輪に取り囲まれて進退が極まった瞬間、自分の膝《ひざ》に駆け上った一匹の鼠《ねずみ》に対して
「おお、私のために、お前まで死ぬのか」
と言って涙を流した大国主命に、神話に事寄せた日本民族の〈もののあわれ〉の心を垣間《かいま》見る想いがいたします。

＊

大国主命は、根堅洲国の須佐能男命の下での厳しい修行を終えて、その証《あかし》である生太刀《いくたち》、生弓矢《いくゆみや》を携えて現し国に帰り、国造りの仕事に没頭しますが、その間に、こんどは正妻の須勢理比賣《すせりひめ》、先妻の八上比賣を巡る男と女の悲しい愛の相克《そうこく》、それを癒《いや》すための沼河比賣《ぬなかわひめ》との交わりという、現し国の男女の葛藤《かっとう》にも似た物語の展開いたします。

＊

大国主命は、そういった家庭問題の苦悩を重ねるなかで、少名毘古那神《すくなびこなのかみ》（すくなさま）との出会いによって、あらゆる試練を乗り越えることができ、国造りの仕事は完成へと近付いていきます。

＊

ところが、その矢先に少名毘古那神が常世国《とこよのくに》に姿を隠し、大国主命の国造りの完成に翳《かげ》りが見え始めたとき

「海原《うなばら》を光《てら》し依《よ》り来る神あり」

という姿で、幸御魂《さきみたま》・奇御魂《くしみたま》の存在が明らかとなり、これを斎《いつ》き祀《まつ》ることによって信仰の形が確立し、遂に大国主命の国造りの仕事は完成していくのであります。

＊

要するに、神話の中の大国主命は

（1）自己と他者との葛藤

（2）自己と他者との共生

（3）自己と他者との調和

（4）自己と他者との融合

つまり、相対主義、共生主義、調和主義、慈悲（神秘）主義の体得という流れの中で、魂の世界の昇華《しょうか》を図っていったのであって、これはまさしく古代日本民族が謳《うた》いあげた一大叙事詩《じょじし》であり、理想的人間像の確立であって、これを日本文化の源流、日本人のアイデンティティと考えるのは、あながち早計とは言えないと思うのであります。

さらには『古事記』の中に見られる神話を、その魂によって心読・体読し、このように広く深く解釈された阿部國治先生は、私たち現代日本人が誇りうる哲学者であり倫理学者であったことは、論を待たないと確信するのであります。

平成十三年三月

栗山　要

（阿部國治先生門下）

〈著者略歴〉

阿部國治（あべ・くにはる）

明治30年群馬県生まれ。第一高等学校を経て東京帝国大学法学部を首席で卒業後、同大学院へ進学。同大学の副手に就任。その後、東京帝国大学文学部印度哲学科を首席で卒業する。私立川村女学園教頭、満蒙開拓指導員養成所の教学部長を経て、私立川村短期大学教授、川村高等学校副校長となる。昭和44年死去。主な著書に『ふくろしよいのこころ』等がある。

〈編者略歴〉

栗山要（くりやま・かなめ）

大正14年兵庫県生まれ。昭和15年満蒙開拓青少年義勇軍に応募。各地の訓練所及び満蒙開拓指導員養成所を経て、20年召集令状を受け岡山連隊に入営。同年終戦で除隊。戦後は広島管区気象台産業気象研究所、兵庫県庁を経て、45年から日本講演会主筆。平成21年に退職。恩師・阿部國治の文献を編集し、『新釈古事記伝』（全7巻）を刊行。

新釈古事記伝 第3集

少彦名〈すくなさま〉

平成二十六年 四 月二十九日第一刷発行
令和 四 年十一月 二十 日第六刷発行

著者 阿部國治
編者 栗山 要
発行者 藤尾秀昭
発行所 致知出版社
〒150-0001 東京都渋谷区神宮前四の二十四の九
TEL（〇三）三七九六—二一一一
印刷・製本 中央精版印刷
落丁・乱丁はお取替え致します。（検印廃止）

ISBN978-4-8009-1034-9 C0095
ホームページ http://www.chichi.co.jp
Eメール books@chichi.co.jp